tredition®

www.tredition.de

AF198111

Urs Aebersold

* 1944 in Oberburg / CH

1963 Abitur in Biel/Bienne (CH)

1964 Schauspielschule in Paris, Kurzspielfilm "S"

Studium an der Universität Bern

Weitere Kurzspielfilme. "Promenade en Hiver",

"Umleitung", "Wir sterben vor"

1967-70 Studium an der HFF München

1974 Erster Kinospielfilm DIE FABRIKANTEN

als Co-Autor, Co-Produzent und Regisseur

Diverse Drehbücher für "Tatort"

Ab 2016 erste Buchveröffentlichungen:

VERZAUBERT / NOVEMBERSCHNEE / DAS BLOCKHAUS - Drei Erzählungen

JULIA / AM ENDE EINES TAGES / DUNKEL IST DIE NACHT - Drei Erzählungen

NUITS BLANCHES - Roman

DER BAUCH MEINER SCHWESTER / EIN PERFEKTES PAAR / DIESES JÄHE VERSTUMMEN - Drei Erzählungen

BLUT WIRD FLIESSEN - Psychothriller

TÖDLICHE ERINNERUNG

Psychothriller

Urs Aebersold

© 2018 Urs Aebersold

Coverfoto: Pixabay

Verlag: tredition GmbH, Hamburg

ISBN

Paperback: 978-3-7469-1875-4

Hardcover: 978-3-7469-1876-1

e-Book: 978-3-7469-1877-8

Printed in Germany

TÖDLICHE ERINNERUNG

Das rosige Gesichtchen des Säuglings, der gut zugedeckt auf dem Rücken in seinem Gitterbett schläft, verzieht sich bisweilen jäh, wenn flüchtige, rasch wechselnde Traumbilder wie Blitze durch sein Gehirn zucken, und seine Ärmchen und Beinchen krümmen sich dabei reflexartig wie vor einer unbestimmten Gefahr.

Das französische Fenster, das direkt auf die Gartenterrasse führt, ist angelehnt, und die Vorhänge bauschen sich in den plötzlich aufkommenden, föhnig-warmen Windböen, die düstere Regenwolken vor sich her treiben und das abendliche Sonnenlicht verdunkeln. Das Baby spürt die Unruhe, sein runder, feuchter Mund öffnet sich, seine Lunge preßt Luft durch den Kehlkopf, und seine lang anhaltenden Schreie vermischen sich mit dem Donnergrollen des aufkommenden Sommergewitters.

Die Zimmertür geht auf, und eine konturlose weibliche Gestalt nähert sich dem Bettchen, beugt sich über das Baby und beruhigt es, dann öffnet sich die Tür zum Nebenzimmer, eine zweite, männliche Gestalt eilt herbei und zerrt die Frau vom Bettchen weg. Sie ringen und kämpfen miteinander, und wenn Blitze über den Himmel zucken und das Zimmer für Sekunden erhellen, sieht das Baby ihre riesigen, sich

5

heftig bewegenden Schatten an der Wand und hört Geräusche, die immer bedrohlicher werden, bis nach einem spitzen Schrei der Frau die Schatten aus dem Gesichtskreis des Babys verschwinden. Es ist wie erstarrt, die Augen sind weit offen, dann bauscht ein Windstoß erneut die Vorhänge auf, ein schemen-haftes Gesicht schiebt sich dicht über das Gitterbett und verschwindet gleich wieder. Der Regen prasselt herab, und das Baby schreit jetzt ohne Unterlaß.

1

Ein Jet der *British Airways* beendete seinen von heftigen herbstlichen Windstößen verwackelten Sinkflug mit einer sicheren Landung auf dem Rollfeld. Unter den Passagieren befand sich der Genforscher Ted Brighton, der in seine Tabellen und Grafiken so vertieft war, in denen er unentwegt herumscrollte, daß er seinen Laptop erst zuklappte, als das Flugzeug zum Stehen kam. Ted Brighton hatte nur wenig Gepäck, er hob den kleinen Rollkoffer vom Band herunter, zwängte sich durch die Passagiere hindurch, steuerte eilig ein Taxi an und stieg ein.

"Hotel *Splendid*, please..."

Der Taxifahrer nickte, schaltete den Taxameter ein und musterte im Rückspiegel kurz seinen Fahrgast, der mit seiner gedrungenen Gestalt, dem fast kahlen Schädel und dem teuren Anzug einen soliden Eindruck machte, und startete den Motor. Die Fahrt ging erst über die Autobahn, dann in quälender Langsamkeit ein Stück durch die Innenstadt, bevor das Taxi vor dem altehrwürdigen *Art-déco*-Hotel *Splendid* hielt, dessen Leuchtschrift und raffinierte Außenbeleuchtung nachts eine Anmutung von Morbidität und *Savoir Vivre* heraufbeschwörten und frivole Erinnerungen an eine längst vergangene Epoche.

Die ganze Zeit über hatte Brighton kein Wort gesprochen, nur einmal mit seiner Firma telefoniert und danach komplizierte Berechnungen mit seinem Smartphone angestellt.

Ted Brighton sah auf, und der Taxifahrer deutete auf den Taxameter.

"67 Euro 20, please..."

Brighton griff in seine Jackentasche, holte ein paar lose Geldscheine hervor und drückte dem Fahrer 70 Euro in die Hand.

"It's okay..."

Der Taxifahrer holte den Rollkoffer aus dem Kofferraum und stellte ihn vor Brighton hin.

"Thanks..."

Brighton nickte ihm zu und betrat durch die Drehtür das Hotel.

In einem dunklen Van, der gegenüber vom Eingang parkte, saßen Roman Zondler, groß und schlank, mit glatt zurückgegelten dunklen Haaren, und eine junge, attraktive blonde Frau, Stella, und beobachteten gespannt Brightons Ankunft. Zondler stieß Stella mit dem Ellbogen an und deutete mit dem Kopf auf ihn.

"Das ist er..."

Stella machte Anstalten auszusteigen, doch Zondler hielt sie zurück.

"Ruf mich an, wenn du ihn am Haken hast..."

Stella stieg aus und ging auf den Hoteleingang zu,

Zondler fuhr um die Ecke und verschwand in der Tiefgarage.

Unter der gewaltigen Wölbung der Eingangshalle trug sich Brighton gerade an der Rezeption ein und ließ sich den Türöffner geben, als Stella nah an ihm vorbeistreifte, wie nebenbei einen Prospekt an sich nahm, der in einem kleinen Ständer auf dem Tresen steckte, dem Portier, Tom Winter, einen Blick zuwarf, den dieser verstohlen erwiderte, und dann langsam in die Bar ging. Brighton schaute ihr lange nach und sah den Portier fragend an.

"Is she dateable?"

Der Portier grinste anzüglich, Brighton grinste zurück und drückte ihm 50 Euro in die Hand.

"What' s her name?"

"Stella..."

"In half an hour... in my room?"

"I'll do my best..."

Brighton zwinkerte dem Portier zu, packte seinen Rollkoffer und betrat den Fahrstuhl.

Die *Villa Hauser,* ein majestätischer Gründerzeitbau mit Wohnungen auf drei Etagen, stand leicht erhöht in einem parkähnlichen Garten, eingefaßt von einem hohen, unüberwindlichen, schmiedeeisernen Zaun aus in Blätterform spitz zulaufenden und nach außen gewölbten Gitterstäben. Ein mächtiges Doppeltor zwischen zwei massiven, aus Stein gemauerten, efeubewachsenen Pfeilern mit einer separaten Tür für Fußgänger versperrte die Zufahrt zu zwei breiten, kiesbestreuten Wegen, von denen der eine rechtsherum zum Haupteingang hinaufführte und der andere auf der linken Seite wieder zurück zum Tor. Dazwischen wucherten Zierbüsche, in der Mitte plätscherte ein kleiner Brunnen, der von einem *Amor* bewacht wurde. Über dem Portal der Villa prangte ein kunstvoll drapiertes Seidenband und verkündete in silberner Schrift *<50 Jahre Privatklinik Dr. Hauser>*. Viele teure Limousinen standen entlang der Auffahrt und vor dem Grundstück. Die letzten, verspäteten Gäste hasteten zum Hauptportal und wurden nach diskreter Überprüfung eingelassen.

Hauptkommissarin Nina Brandner, die ihre langen schwarzen Haare offen trug, in einem Kostüm, das ihre Figur betonte, und Kommissar Marco Riemann, schmal, hellblond und schweigsam, in einem dunklen Anzug, den er wohl nicht allzu oft trug, schlossen sich ihnen an. Nina wandte sich lächelnd an ihren neuen Partner, der seine Augen unablässig umherschweifen ließ, sichtlich beeindruckt von diesem noblen Ambiente.

"Hast du deswegen mein Angebot angenommen, mich zu begleiten? Um zu sehen, wie die wirklich reichen Leute leben? Oder gibt es da noch ein verborgenes Motiv?"

Riemann fuhr zu Nina herum.

"Wie? Was meinst du?"

Dann fiel ihm offenbar ein, worauf Nina anspielte, und eine leichte Röte überzog sein Gesicht.

"Oh, das..."

Mit der Tochter der Hausherrin, Anna Hauser, hatte Nina Psychologievorlesungen besucht, bevor sie sich entschlossen hatte, in den Polizeidienst zu treten. Als Psychiaterin war Anna gelegentlich auch als Gutachterin tätig, und Nina hatte beobachtet, wie Riemann immer ganz aufgeregt wurde, wenn Anna bei einem seiner Fälle im Gerichtssaal war, die mit ihrer blassen Haut, den hennafarbenen Haaren und den großen, blauen Augen wie das Sinnbild eines zerbrechlichen, weiblichen Wesens aussah.

Nina lachte.

"Ja, das... Anna... sie hat mich mit Begleitung eingeladen, da paßt es doch ganz gut, daß mein Freund für seine Zeitung auf Recherche unterwegs ist... oder nicht?"

Riemann ließ ein dünnes Lächeln sehen, und Nina faßte ihn am Arm.

"Also genieß' es und träum' ein wenig... Anna ist schon sehr lange verlobt..."

Am Hauptportal zückte Nina ihre Eintrittskarte, und die schwere Tür schloß sich hinter den beiden.

Die Eingangshalle war hoch und geräumig, rechts schwang sich eine breite, von einem hellblauen, mit Messingleisten fixierter Läufer bedeckte Marmortreppe in die beiden oberen Etagen hinauf. Einzelne

Stehtische standen herum, an denen sich Gäste unterhielten, welche den festlichen Anlaß für ihre eigenen Anliegen nutzten.

Die eigentliche Feier fand links in den drei großen Räumen statt, die zusammen eine prachtvolle Enfilade bildeten und zur Wohnung der Gastgeberin Dr. Martha Hauser gehörten, die dort seit dem Tod ihres Ehegatten ganz allein residierte. Oben, im ersten Stock, wohnte ihr Sohn Martin mit seiner Frau und den beiden Kindern, im Dachgeschoß hatte sich seine Schwester Anna eingenistet.

Dienstbare Geister schwärmten mit Getränken aus, und ein üppiges Buffet wartete auf die Eröffnung. Auch hier standen mit weißem Leinen bezogene Stehtische herum. Die Gäste, die sich angeregt unterhielten, gehörten zur gehobenen Gesellschaft, und nicht wenige Honoratioren, in deren Mitte die Gastgeberin, sonnten sich im Glanz des gediegenen Ambientes.

Nina Brandner und Marco Riemann schoben sich unauffällig und unbeachtet durch die übrigen Geladenen, stellten sich an einen freien Stehtisch und wurden sofort mit Getränken versorgt. Mit einem Lächeln beobachtete Nina, wie Riemann die Räume unruhig mit den Augen absuchte.

"Tut mir leid, ich habe sie auch noch nicht gesehen..."

Riemann nahm einen Schluck von seinem Champagner und versuchte Gleichmut zu simulieren.

"Wir müssen uns doch bei ihr für die Einladung bedanken..."

"Wie konnte ich das bloß vergessen..."

Nina grinste Riemann wissend an, doch bevor er etwas erwidern konnte, sahen die beiden, wie Anna Hauser in einem schilfgrünen Etuikleid, das perfekt mit ihren kupferroten Haaren harmonierte, durch eine Seitentür in den hell erleuchteten Saal schlüpfte. Ihre Mutter entdeckte sie sofort, sie wurde von ihr beiseite genommen und leise, aber offenbar heftig getadelt.

Nina stieß Riemann leicht an.

"Los komm, das arme Kind muß doch getröstet werden..."

Sie nahmen ihre Gläser und arbeiteten sich geduldig bis zu Anna vor, welcher der ganze Rummel offensichtlich zuwider war. Anna, voller nervöser Energie, war erleichtert, Nina zu sehen, die beiden umarmten sich herzlich, die Gläser akrobatisch balancierend, Riemann bekam immerhin einen warmen, von einem strahlenden Lächeln begleiteten Händedruck.

"Hauptkommissar Riemann, nicht wahr? Das freut mich aber, daß Sie sich die Zeit genommen haben... wenigstens *zwei* Menschen, die mich nicht wie ein Kind behandeln..."

Nina lachte und deutete mit dem Kopf in Richtung von Annas Mutter.

"Ist sie so streng, die Frau Mama?"

"Sie hält sehr auf Formen, und wenn man zu spät kommt und dann auch noch allein, kann sie sehr deutlich werden... aber sie kann auch ganz anders..."

In diesem Augenblick löste sich Martha Hauser aus dem Kreis ihrer Gäste und stellte sich an ein kleines Rednerpult, das mit einem Mikrofon ausgestattet war. Mit ihrem feingeschnittenen Gesicht, den weißen, kurzgeschnittenen Haaren und den schwarzen Augen wirkte ihre kleine, hagere Gestalt in dem hellgrauen Kostüm alterslos und zäh, wie eine Erscheinung aus einer längst vergangenen Zeit. Sie hatte noch gar nicht zu reden begonnen, als es in allen drei Räumen bereits still geworden war.

"Lieber Herr Bürgermeister, liebe Gäste und Freunde der Familie... darf ich Sie kurz um Ihre Aufmerksamkeit bitten... Es ist mir eine große Ehre, Sie anläßlich des fünfzigjährigen Bestehens unserer Klinik, die mein leider viel zu früh verstorbener Mann in schwierigen Zeiten gegründet hat, hier bei uns begrüßen zu dürfen... Ich werde jedoch nicht den Fehler begehen, Sie mit Schmeicheleien einzulullen, die Sie mir ohnehin nicht abnehmen würden, sondern gleich auf meine Anliegen zu sprechen kommen: die Bewilligung eines Anbaus, der es uns erlauben würde, unsere bescheidenen Kräfte noch mehr als bisher in den Dienst der Kranken zu stellen und Kapazitäten zu schaffen, die bei den städtischen und staatlichen Einrichtungen fehlen..."

Marthas Sohn Martin betrat mit seiner Frau jetzt

ebenfalls den Raum, in dem seine Mutter die Rede hielt, und blieb neben Anna stehen. Martha hatte Martins Zuspätkommen mit einem raschen, mißbilligenden Blick registriert, fuhr aber honigsüß in ihrer Ansprache fort.

"...und bis es mit Ihrer gütigen Mithilfe soweit ist, werde ich das Erbe der Familie wie bisher treu verwalten, danach werde ich die Leitung in jüngere Hände geben..."

Martha sah sowohl ihren Sohn Martin als auch ihre Tochter Anna mit einem strahlenden Lächeln an, ohne namentlich auf sie einzugehen.

"...und damit erkläre ich das Buffet für eröffnet..."

Die Gäste applaudierten Martha stürmisch und belagerten augenblicklich die weißgedeckten Tische, die sich unter den Köstlichkeiten bogen.

Martin Hauser, mittelgroß, von gedrungener Statur, drehte sich erregt zu Anna um, ohne auf Nina und Riemann zu achten.

"Verdammt, sie wollte doch heute offiziell verkünden, wer ihr Nachfolger wird..."

"Ach, Martin, du weißt doch, wie sie ist... wahrscheinlich hat sie sich darüber geärgert, daß wir beide zu spät gekommen sind..."

"Das laß' ich mir nicht gefallen... sie soll es mir ins Gesicht sagen, wenn ihr etwas nicht paßt..."

Martin packte seine Frau am Arm und schob sie mitten durchs Getümmel. Anna wandte sich mit einem entschuldigenden Lächeln an Nina und Riemann.

"Die alte Leier... mein Bruder ist sehr ehrgeizig... im Augenblick gibt es leider kein anderes Thema in meiner Familie..."

Sie sahen zu, wie sich Martin zu seiner Mutter vordrängte, die sich mit einem strahlenden Lächeln in die Runde ihrem Sohn zuneigte.

"Entschuldigen Sie mich einen Augenblick..."

Martin flüsterte erregt auf sie ein.

"Warum tust du mir das an, Mutter? Ich bin der beste Chirurg weit und breit, die Klinik verdankt ihren Ruf ausschließlich mir... sie ist mein ganzes Leben..."

Mathilde lächelte, als hätte ihr Martin eben etwas Nettes mitgeteilt.

"Dann hör' auf, von Scheidung zu reden, mein Junge, und kümmere dich auch mal um die Verwaltung statt nur um deine brillanten Veröffentlichungen..."

"Vater hätte schon längst ein Machtwort gesprochen..."

"Dein Vater war ein ganz anderes Kaliber und in jeder Hinsicht ein Vorbild..."

Mathilde tätschelte Martin lächelnd die Wange, und zwar so, daß es schon fast wie eine Ohrfeige wirkte, und wandte sich an einen ihrer Gäste.

"Ach, Herr Dr. Mertens... haben Sie eigentlich schon meinen Jawlensky gesehen? Aber sagen Sie mir um Himmels willen nicht, daß es eine Fälschung sei..."

Mathilde hängte sich bei Dr. Mertens ein und bugsierte ihn vor das Gemälde, lächelte hierhin und dorthin und hatte wieder alles im Griff.

Mit gebeugtem Kopf schlängelte sich Martin wortlos an seiner Schwester vorbei und verschwand nach draußen.

Peinlich berührt sah Anna von Nina zu Riemann und wollte etwas sagen, doch im gleichen Augenblick klingelten deren Telefone. Beide griffen in ihre Jackentaschen, Nina wandte sich entschuldigend an Anna.

"Die wollen einfach nicht, daß wir uns amüsieren..."

Riemann und Nina meldeten sich gleichzeitig, beide lauschten mit konzentrierten Mienen, beide beendeten den Anruf mit "...alles klar, sind schon unterwegs...".

Nina wandte sich erneut an Anna.

"Tut mir leid... ein Mordfall... wir müssen los..."

Anna schüttelte den Kopf.

"Ach, wie schade... ich hätte mich so gerne mit Ihnen beiden unterhalten... wollen Sie nicht wenigstens ein paar Sandwiches mitnehmen?"

Nina und Riemann sahen sich an. Nina wollte schon dankend ablehnen, doch Riemann kam ihr zuvor.

"Das wäre ganz lieb von Ihnen... wer weiß, wann wir wieder an etwas Eßbares kommen..."

"Dann folgen Sie mir, ich sage am Buffet Bescheid..."

Anna schlängelte sich leichtfüßig durch die Gäste, Riemann sah Nina an und grinste triumphierend.

Nina und Riemann fegten mit Blaulicht durch die abendlichen Straßen, Riemann saß starr am Steuer und wurde von Nina aus einer Aluschale mit Canapés gefüttert, die sie sich zwischendurch auch selbst in den Mund schob.

"Das war also die Elite unserer Gesellschaft... lauter gestörte Wichtigtuer... da gibt's bestimmt keinen, der nicht seine Steuern minimiert..."

Nina lachte laut heraus.

"Du redest wie ein alter Sozi, dabei sind das ganz normale Menschen, die leider dem Irrglauben verfallen sind, daß ein Haufen Geld sie zu etwas Besonderem macht..."

Nina warf einen raschen Blick auf Riemann, der ungewöhnlich aufgewühlt zu sein schien.

"Ach, jetzt verstehe ich... unser Held macht sich Sorgen um eine gewisse Dame, die in dieser Umgebung zu verkümmern droht..."

Riemann sah Nina verdutzt an, wieder überzog seine Wangen eine leichte Röte, dennoch versuchte er den Überlegenen zu mimen.

"Schalt' mal deinen Hirn-Scan ab, der bleibt immer an derselben Stelle hängen..."

Statt einer Antwort hielt ihm Nina die Aluschale mit dem letzten Canapé unter die Nase. Riemann öffnete schon den Mund, als Nina rasch zugriff und es ich selbst in den Mund stopfte. Erbost preßte Riemann die Lippen aufeinander und gab Gas.

Um kein überflüssiges Aufsehen zu erregen, kontrollierten Polizeibeamte in Zivil den Zugang zum Hotel *Splendid*, die Nina und Riemann diskret in eine Parklücke einwiesen. In der Lobby wurden sie von einem aufgeregten Hotelmanager in Empfang genommen.

"Sind Sie die beiden Beamten, die den Fall bearbeiten sollen?"

Riemann und Nina streckten ihm wortlos ihre Ausweise entgegen.

"Okay, okay... mein Name ist Kosminski, ich bin der Hotelmanager... bitte folgen Sie mir..."

Auf dem Weg zum Aufzug sah sich Riemann prüfend um.

"Gibt es Überwachungskameras in diesem

Hotel?"

Kosminski drehte sich erschrocken um.

"Um Gottes willen, nein... unsere Gäste legen Wert auf höchste Diskretion..."

Die Aufzugstür schloß sich hinter ihnen.

"Sie glauben gar nicht, wie schwierig es heutzutage ist, anständiges Personal zu bekommen... und wenn dann so eine Schweinerei passiert, verlieren sie die Nerven und erzählen es überall herum... sowas kann sich ein renommiertes Hotel wie das *Splendid* nicht leisten..."

Die Aufzugstür glitt auf, der Manager wandte sich scharf nach rechts, blieb vor Zimmer 303 stehen und klopfte energisch.

"Hier ist es... ich verlasse mich auf Ihre Verschwiegenheit..."

Die Tür wurde augenblicklich geöffnet, und Mona Ryser von der Spurensicherung streckte ihren Kopf heraus. Der Manager stellte sich auf die Zehenspitzen, um ins Zimmer zu linsen, doch Mona versperrte ihm grimmig die Sicht, zog ihre Kollegen rasch hinein und schloß energisch die Tür. Nina atmete vor Erleichterung tief durch.

"Mona, gottseidank bist du schon hier... wir haben nicht so richtig kapiert, was uns erwartet..."

Im Hintergrund tauchte Keyra auf, Monas Assistentin, beide waren schon voll auf ihre Arbeit fokussiert.

"Tja, am besten macht ihr euch selbst ein Bild... der Tote heißt Ted Brighton, er ist Engländer und erst heute abend eingetroffen... er liegt in der Dusche..."

Mona ging den beiden voraus, Keyra nickte ihnen zu und machte sich am Haustelefon zu schaffen. Auf dem Boden der Dusche kauerte ein Mann in Shorts und einem Bademantel des Hotels in einem Meer von Blut leblos gegen die Wand gelehnt. Nina zuckte zurück, zu sehr erinnerte sie das an ihren letzten Fall mit dem <Selbstmordkiller>.

"Wer hat ihn gefunden?"

"Der Zimmerkellner..."

"Wurde er bewegt?"

"Sieht nicht so aus... er ist elend verblutet... ein scharfer Schnitt an der rechten Halsseite hat ihm die Schlagader durchtrennt..."

"Irgendwelche Kampfspuren?"

Mona schüttelte den Kopf.

"Auch kein Blut... nur hier in der Dusche..."

Riemann wandte sich an Mona.

"Kann er sich das selber zugefügt haben?"

"Unwahrscheinlich... jedenfalls haben wir die Tatwaffe nicht gefunden..."

Nina und Riemann sahen sich ratlos an, Nina sprach aus, was sie beide beschäftigte.

"Hat er sich ins Bad geflüchtet, um sich hier wehrlos abstechen zu lassen?"

Mona schob ihre Kollegen vom Bad ins Zimmer zurück.

"Ich vermute, er wurde zuerst kampfunfähig gemacht..."

Riemann hakte nach.

"Womit? Mit einem Taser?"

"Nein, die Widerhaken an den Elektroden hätten Hautverletzungen verursacht..."

Nina runzelte die Stirn.

"Ein Elektroschocker?"

Mona nickte.

"Auf seiner Brust haben wir Rötungen festgestellt... könnten Verbrennungen sein von einem direkten Hautkontakt mit den Elektroden... das müssen wir noch überprüfen..."

Diesmal war es Riemann, der das Fazit zog.

"Also, da klopft jemand an die Tür, Brighton macht auf, wird mit einem Elektroschocker malträtiert, in die Dusche geschleppt und dort abgestochen..."

Mona verzog das Gesicht ob dieser kruden Ausdrucksweise.

"Wenn man will, kann man das so sagen..."

"Eine reichlich seltsame Art, jemanden umzubringen..."

"Ja, und noch etwas Auffälliges... wir fanden keine elektronischen Geräte, obschon der Taxifahrer bezeugte, daß Brighton auf der Fahrt vom Flughafen zum Hotel seinen Laptop aufgeklappt hatte und zwischendurch mit seinem Smartphone telefonierte..."

Nina faßte Mona an die Schulter.

"Danke, Mona, jetzt sind wir am Zug..."

"Ich melde mich, sobald wir die Suite gründlich durchsucht haben..."

Nina griff nach der Klinke, doch Riemann hielt sie zurück, riß die Zimmertür auf und hätte den Hotelmanager wohl am Kopf getroffen, wäre sie nach außen aufgegangen. Kosminski faßte sich rasch und tat so, als ob er eben erst wieder aufgetaucht sei und gerade anklopfen wollte.

"Oh, ich wollte nachfragen, ob Sie etwas brauchen..."

Riemann baute sich bedrohlich vor ihm auf.

"Wir wollen über jede Sekunde Bescheid wissen seit Brightons Ankunft im Hotel... Portier, Empfang, Zimmerservice... und ob es Gespräche gab übers Haustelefon..."

Kosminski bewegte sich langsam rückwärts, ohne Riemann aus den Augen zu lassen.

"Verstanden! Kommen Sie ins Dienstzimmer unten neben der Rezeption!"

Kosminski griff nach seinem Pager, drehte sich blitzschnell um und war schon im Aufzug verschwunden.

Nina grinste anerkennend.

"Alle Achtung! Wie kamst du darauf, daß er die ganze Zeit vor der Tür stand?"

Riemann zuckte mit den Schultern.

"Keine Ahnung... solche Typen lauschen immer..."

Kosminski erwartete sie mit einem hübschen jungen Mann im Dienstzimmer.

"Das ist Evren Arslan, einer unserer Pagen und Zimmerkellner... er hat den Toten gefunden..."

Riemann und Nina nickten dem jungen Mann zu.

"Der Mann am Empfang war Tom Winter... er hatte Schichtwechsel und ist nach Hause gegangen, bevor man den Toten fand... hier seine Telefonnummer und Adresse..."

Der Hotelmanager zog einen Zettel aus der Brusttasche und überreichte ihn Nina, machte aber keine Anstalten zu gehen. Nina sah Kosminski freundlich an.

"Vielen Dank... bitte lassen Sie uns jetzt allein..."

Kosminski machte eine kleine Verbeugung und ging beleidigt zur Tür.

Riemann rief ihm nach.

"Moment noch... konnten Sie schon feststellen, ob Brighton das Haustelefon benützt hat?"

Kosminski drehte sich in der Tür um und machte ein würdevolles Gesicht.

"Zweimal... einmal hat er Essen bestellt, und einmal tätigte er einen lokalen Anruf..."

"Kann es sein, daß er zurückgerufen wurde?"

"Falls ja, dann direkt auf sein Zimmer... wir hören unsere Gäste nicht ab..."

Dann war er draußen.

Nina hatte Evren mit einem Zeichen bedeutet, sich zu setzen, jetzt nahm auch Riemann ihm gegenüber Platz.

"Bitte erzählen Sie uns einfach, was Sie wissen... für uns ist jedes Detail von Bedeutung..."

Evren sah die beiden Beamten prüfend an, es war ihm deutlich anzumerken, daß er gleichzeitig angenehm sein und seinen Arbeitgeber schützen wollte. Nina versuchte den jungen Mann zu lockern.

"Haben Sie keine Angst, Sie sind nur ein Zeuge..."

Evren rückte sich zurecht.

"Nun, es war so, daß mir Tom Winter, der Mann am Empfang, mitteilte, daß Mr. Brighton für halb neun Essen aufs Zimmer bestellt hat..."

"Wann war das?"

"Kurz vor sieben... um halb neun stand ich mit dem Servierwagen vor der Tür und klopfte, es kam aber keine Reaktion. Ich klopfte lauter und rief gleichzeitig Mr. Brightons Namen, doch auch jetzt – kein Laut... ich wählte seine Zimmernummer, doch er hob nicht ab..."

Riemann beugte sich vor.

"Was machen Sie gewöhnlich in einem solchen Fall?"

"Unterschiedlich... manche geben Anweisung, das Essen einfach vor die Zimmertür stehen zu lassen, andere sind damit einverstanden, daß wir das Zimmer betreten und das Essen im Eingang abstellen..."

"Und was wollte Mr. Brighton?"

"Das wußte ich nicht... viele Gäste werden böse, wenn man beharrlich ist, andere sind beleidigt, wenn man es nicht ist..."

Riemann und Nina sahen Evren ruhig an, der nach kurzem Zögern fortfuhr.

"Ich öffnete vorsichtig die Zimmertür, rief Mr. Brightons Namen und blieb im Eingang stehen..."

Wieder dieses Zögern, diesmal stockte der junge Mann.

"Nur zu..."

"Diesmal tat ich etwas, was eigentlich nicht erlaubt ist... es war so still im Zimmer, daß ich weiter ging, immer Mr. Brightons Namen rufend... er war nirgendwo zu sehen, so daß ich dachte, er sei ausgegangen, doch dann erblickte ich ihn durch die offene Tür zum Bad in der Dusche sitzend mit all dem Blut um ihn herum..."

"Und weiter?"

"Ich habe die Zimmertür wieder zugezogen und sofort den Manager verständigt..."

Nina ließ ihren Blick auf Evren ruhen, der seltsam gebückt vor ihnen saß.

"Gibt es noch etwas, was wir wissen sollten?"

Evren sah kurz auf und gab sich einen Ruck.

"Als ich kurz nach acht dem Gast auf Nr. 309 ein Sandwich brachte, sah ich, wie eine junge blonde Frau aus Mr. Brightons Zimmer kam..."

"Sind Sie ganz sicher?"

"Ja, absolut..."

Riemann war wie elektrisiert.

"Haben Sie diese Frau schon einmal gesehen?"

Wieder wand sich Evren, bevor er antwortete.

"Schon öfter... aber nie als Gast..."

"Und um halb neun haben Sie sie nicht mehr gesehen?"

"Nein..."

"Und wie heißt die Dame?"

"Stella... alle nennen sie nur Stella..."

Riemann und Nina standen gleichzeitig auf.

"Vielen Dank, Sie waren uns eine große Hilfe..."

Tom Winter, der bei Ted Brightons Eintreffen an der Rezeption des *Splendid* saß, öffnete Nina und Riemann nach langem Klingeln mit einem Frottiertuch in der Hand einen Spalt breit die Tür, er hatte sich gerade die Haare gewaschen und war entsprechend ungehalten.

"Hey, was soll das ? Was wollen Sie?"

Nina und Riemann zückten ihre Ausweise, Nina schob vorsichtshalber einen Fuß in die Tür.

"Nina Brandner, Marco Riemann, wir ermitteln in einem Mordfall..."

Tom Winter hörte auf, sich die Haare zu rubbeln und zog wortlos die Tür ganz auf. Nina und Riemann traten rasch ein und folgten Winter ins Wohnzimmer, das geschmacklos mit Flokatiteppichen, üppigen Sesseln aus Kunstleder, billigen Kaufhauspostern und einem Gipsleoparden auf dem Sprung ausgerüstet war. Winter machte eine vage Geste auf die Sitzgelegenheiten und nahm neben dem Leoparden Platz.

"Bitte machen Sie's kurz, ich habe morgen Frühdienst und brauche meinen Schlaf..."

Nina und Riemann ließen sich in die unförmigen

Sitzmöbel sinken, Riemann aktivierte sein Smartphone.

"Heute abend etwa um halb sieben hat ein Engländer, Ted Brighton, im *Splendid* eingecheckt... ist das richtig?"

"Möglich, ich merke mir keine Namen..."

"Kurz nach acht sah der Zimmerkellner ein Callgirl namens Stella aus Brightons Zimmer kommen... können Sie uns dazu etwas sagen?"

"Tut mir leid, bei mir piept's nicht... ich bin um halb acht nach Hause gegangen..."

"Das ist uns bekannt... um halb neun hat ihm derselbe Zimmerkellner Essen gebracht und fand ihn ermordet in der Duschkabine..."

"Na, und?

Nina beugte sich vor und sah Winter scharf an.

"Wie kam es zu dem Kontakt zwischen Brighton und Stella? Überlegen Sie gut, was Sie sagen..."

"Als dieser Engländer eincheckte, tauchte plötzlich Stella im Eingang auf und streifte ganz eng an ihm vorbei... er reagierte spontan auf sie, und als sie zur Bar weiter ging, fragte er mich, ob sie zu haben sei..."

Winter sah die beiden Kriminalbeamten abschätzend an, Riemann nickte ihm zu.

"Und dann?"

"Ich bestätigte ihm das, und er bat mich, sie eine halbe Stunde später auf sein Zimmer zu schicken..."

Wieder zögerte Winter.

"Nur keine Hemmungen... wir sind nicht von der Sitte..."

"Ich rief sie an, und sie schien gar nicht überrascht über dieses Date..."

"Sie haben ihre Nummer? Also protegieren Sie diese Dame..."

"Ich tue was?"

"Sie stecken mit ihr unter einer Decke..."

"Das ist doch absurd... ja, es stimmt, ich kenne sie und weiß, was sie treibt, aber ich schließe einfach die Augen..."

"Der barmherzige Samariter... fahren Sie fort..."

"Um sieben, als sie oben war, bestellte Brighton Essen für halb neun für sich allein... das ist alles, was ich weiß..."

Nina sah Riemann zweifelnd an und wandte sich dann an Winter.

"Sie sagten, Stella habe kurz nach Brighton das Hotel betreten und sei ganz eng an ihm vorbeigestreift... als ob sie ihn abgepaßt hätte, um ihn anzumachen?"

Winter riß erstaunt die Augen auf.

"Jetzt, wo Sie es sagen, kommt es mir ganz so

vor..."

Nina stand auf, Riemann und Winter erhoben sich ebenfalls.

"Dann werden wir die junge Dame mal ins Kreuzverhör nehmen... geben Sie *mir* die Nummer, wenn mein Kollege anruft, ist das leicht mißverständlich..."

Winter zeigte Nina die Nummer auf seinem Display, Nina tastete sie schnell in ihr Telefon.

An der Wohnungstür faßte Riemann nach der Klinke, ließ Nina vorbei und wandte sich nochmal an Winter.

"Ein guter Rat: Versuchen Sie nicht, sie zu warnen..."

Riemann tat so, als ob er die Tür von außen schlösse, dann stieß er sie überraschend wieder auf und ertappte Winter dabei, wie er sein Smartphone ans Ohr hielt.

"Sehen Sie? Genau das meinte ich... ein Anruf, und aus einer kleinen Gefälligkeit wird Beihilfe..."

Im Dienstwagen setzte sich Riemann wieder ans Steuer, Nina richtete sich auf dem Beifahrersitz ein, griff nach ihrem Smartphone und hielt kurz inne.

"Was hältst du von der Sache?"

Riemann schüttelte den Kopf.

"Wir wissen gar nichts über Brighton... falls du

recht hast mit Stella, daß sie in Wahrheit *ihn* aufge-
gabelt hat, steckt sie mit drin... je eher wir die Dame
sprechen, desto besser..."

Nina seufzte, wählte Stellas Nummer, schaltete
auf <Mithören> und mußte lange warten, bis sie sich
meldete.

"Hallo?"

"Sind Sie Stella?"

*"Ja, bin ich... aber ich sage dir gleich, ich mache
nichts mit Frauen..."*

Riemann warf den Kopf nach hinten und lachte
geräuschlos, Nina riß sich zusammen.

"Brauchen Sie auch nicht... ich bin Nina Brandner, Hauptkommissarin bei der Mordkommission...
mein Partner und ich haben ein paar Fragen an Sie..."

Langes Schweigen.

"Hallo? Sind Sie noch da?"

*"Ja... woher soll ich wissen, daß Sie die Wahrheit
sagen?"*

"Rufen Sie in der Zentrale an, dort wird man Ihnen das bestätigen... also?"

*"Okay... Gartenstraße 9, bei Stefanie Gehrke klin-
geln..."*

"Verlassen Sie nicht Ihre Wohnung..."

Nina unterbrach die Verbindung, tippte die Adresse ins Navi, und Riemann fuhr los. Nina schaltete

den Bordcomputer ein, ein paar Daten kloppten im Display auf.

"Hier... Brighton hat mit seinem Smartphone die Firma *LifeResearch* in London angerufen, offenbar gehört er zum dortigen Forscherteam..."

Nina scrollte weiter.

"Über das Haustelefon hat er tatsächlich Essen bestellt, aber vorher wählte er eine Nummer hier in der Stadt... dreimal darfst du raten..."

Riemann schlängelte sich geschickt durch den nächtlichen Verkehr und zuckte mit den Schultern.

"Mach's nicht spannend..."

"Die *Privatklinik Dr. Hauser*..."

Riemann lächelte zufrieden.

"So bleibt alles in der Familie..."

Martha Hauser stand mit ihrer Tochter Anna im hellen Licht der Eingangshalle vor dem weit geöffneten Portal, beide sahen erleichtert den letzten Gästen nach, die eben in einer schweren Limousine durch das Parktor hinaus fuhren, das sich hinter ihnen langsam wieder schloß, und atmeten die frische Luft.

"Mein Gott, bin ich froh, endlich ist es vorbei..."

Martha zog fröstelnd die Schultern hoch, und Anna faßte ihre Mutter, die plötzlich müde und abgespannt wirkte, leicht um die Taille und führte sie ins Haus zurück, vorbei an den vielen dienstbaren Geistern, die leise und diskret die Spuren der *50-Jahre-Feier* beseitigten. Martha schüttelte resigniert den Kopf.

"Was haben wir früher für Feste gefeiert... die Menschen heute haben keinen Charme mehr... die Männer schauen unruhig über einen hinweg, wenn sie mit einem reden, als suchten sie die Anzeigetafel mit den Börsenkursen, und die Frauen flüstern sich Tips für die Scheidung zu..."

"Ach, Mama... du übertreibst... warum übergibst nicht endlich Martin die Leitung der Klinik und läßt es ruhiger angehen? Du weißt doch, daß ich keine Ambitionen habe..."

"Martin ist ein glänzender Forscher und Chirurg, aber er kann nicht mit Menschen umgehen... und mit seiner Ehe steht es auch nicht zum besten..."

Martha blieb am Treppenaufgang stehen.

"...und was dich betrifft: deine Verlobungszeit zieht sich jetzt auch schon ein bißchen in die Länge..."

Anna drückte ihrer Mutter sanft einen Kuss auf die Stirn.

"Mach dir keine Sorgen... es wird sich alles finden..."

Martha schaute Anna kummervoll nach, die betont leichtfüßig die Treppen empor eilte, und murmelte, mehr für sich.

"Ich wünschte, euer Vater lebte noch..."

Stefanie Gehrke alias Stella streckte ihren Kopf aus der Tür, als Nina und Riemann aus dem Aufzug traten, und ging ihnen wortlos in ihr kleines, geschmackvoll eingerichtetes Ein-Zimmer-Apartment voraus, nachdem sie ihre Ausweise vorgezeigt hatten. Stella war eine attraktive, echte Blondine mit klugen Augen, der man ihren Berufsstand nicht auf Anhieb angesehen hätte, selbst jetzt, da sie offensichtlich zum Ausgehen angezogen war.

"Falls Sie hier Plüsch und Rotlicht vermuteten... dies ist meine Wohnung, hier bin ich ganz privat..."

Stella deutete auf ein paar Klappstühle, die um einen kleinen Esstisch herum standen, und nahm selber auf dem Bett Platz.

"Ich hoffe, Sie machen es kurz, ich habe noch einen dringenden Termin..."

Nina setzte sich, streifte Riemann mit einem kurzen Blick und wandte sich dann an Stella.

"Das liegt ganz bei Ihnen... wir wissen, daß Sie heute abend etwa um sieben mit einem Mann namens Ted Brighton auf dessen Zimmer im Hotel *Splendid* gegangen sind..."

"Das ist richtig... er starrte mir nach, als ich die Eingangshalle betrat und an die Bar ging..."

"Und Tom Winter, der Mann am Empfang, rief Sie dann an und fragte, ob Sie Interesse hätten..."

Stella drehte sich unsicher zu Nina um.

"Ja, er hat meine Nummer..."

"Wie lange waren sie auf seinem Zimmer, was haben Sie gemacht, und wann sind Sie wieder gegangen?"

"Nun, ich... dieser Ted war ziemlich direkt, es konnte ihm nicht schnell genug gehen..."

"Kam es zum Geschlechtsverkehr?"

"Das sagte ich doch gerade... irgendwie hatte ich den Eindruck, daß er noch Besuch erwartete... jedenfalls wollte er mich rasch loswerden... so gegen acht, glaube ich..."

"Warum dachten Sie, daß er noch Besuch erwartete? Hat jemand angerufen, als Sie bei ihm waren..."

"Nein, ich habe nichts gehört..."

"Etwa um acht herum ist er ermordet worden..."

Stella wirkte jetzt zum ersten Mal durcheinander.

"Ermordet? Sie glauben doch nicht, daß ich etwas damit zu tun habe?"

"Es geht nicht darum, was wir glauben... Sie sind offenbar die letzte Person, die Ted Brighton lebend gesehen hat... außerdem fehlen alle geschäftlichen und persönlichen Unterlagen..."

Riemann rückte mit seinem Klappstuhl näher an

sie heran.

"Kann es sein, daß Sie Brighton nicht ganz zufällig über den Weg gelaufen sind?"

Stella sah ratlos von einem Kriminalbeamten zum anderen.

"Wie meinen Sie das?"

"Sie haben kurz nach Brighton das Hotel betreten und sind ganz dicht an ihm vorbeigestreift, wie Tom Winter uns schilderte..."

"Na, und?"

"Das könnte bedeuten, daß Sie ihn anmachen wollten... ein professioneller Reflex, oder jemand hat Sie beauftragt..."

"Und weshalb sollte jemand ein Interesse daran haben?"

"Nun, Brighton war Forscher... vielleicht sollten Sie ihn ablenken, und der Betreffende konnte in aller Ruhe dessen Unterlagen prüfen... oder entwenden..."

Stella sah konsterniert zu Boden und richtete sich dann langsam auf.

"Also gut, Sie finden es sowieso heraus..."

Energisch stand sie auf und ging mit kleinen Schritten auf und ab.

"Ein Mann hat mich angerufen und auf Brighton angesetzt..."

Nina schaltete sich wieder ein.

"Bitte etwas genauer..."

"Ich sollte mit auf seine Suite gehen und dafür sorgen, daß die Tür zum Flur nur angelehnt blieb..."

"Hat er Ihnen nicht gesagt, was er vorhatte?"

"Nein, und ich habe ihn auch nicht danach gefragt..."

Riemann sah ihrem Auf- und Abgehen mit großem Interesse zu.

"Und? Ist Ihnen das gelungen?"

"Gerade so... beinahe hätte er mich erwischt..."

"Haben Sie irgendwelche Geräusche gehört? Von jemand, der das Zimmer betrat?"

Stella blieb stehen und schenkte Riemann einen mitleidigen Blick.

"Die Schlafzimmertür war zu, und ich hatte alle Hände voll zu tun..."

Stella setzte sich plötzlich wieder hin.

"Jedenfalls, als ich Brighton verließ, war die Tür zum Flur geschlossen und er gesund und munter..."

"Dann beschreiben Sie uns doch mal den Mann..."

"Er war groß, dunkelhaarig, gutaussehend und nannte sich Jim... wir warteten in einem schwarzen *Range Rover* direkt vor dem Hotel... er hat mir Brighton gezeigt und mich dann losgeschickt..."

"Kennzeichen?"

"Warum sollte ich mir das merken...?"

"Telefonnummer?"

Stella griff nach ihrem Smartphone, tastete nach der Nummer und reichte das Telefon Riemann.

"Hier... wir haben nur telefoniert, wir haben uns vorher nie getroffen..."

Riemann und Nina übertrugen die Nummer in ihre Geräte, Riemann reichte Stella das Smartphone zurück und sah Nina an.

"Gut, fürs erste sind wir fertig, aber verlassen Sie die Stadt nicht... Sie sind in einen Mordfall verwickelt..."

Riemann und Nina standen auf und gingen zur Tür, Nina wandte sich nochmal an Stella.

"Ich hoffe, es hat sich wenigstens gelohnt..."

Stella ließ sie mit einem eisigen Lächeln hinaus.

Der Verkehr hatte nachgelassen und war jetzt zu einem stetig fließenden Strom geworden. Riemann fuhr, und Nina hantierte am Computer.

"Das hätte ich mir denken können... Stellas Kontakt verwendete ein Prepaid-Handy... und Brighton bekam tatsächlich einen Rückruf auf seine Zimmernummer... aus dem *Tramonto*, ein Restaurant gleich um die Ecke vom *Splendid*..."

Riemann runzelte die Stirn.

"Wer ruft denn heutzutage noch vom Festnetz an? Und das auch noch von unterwegs?"

"Jemand, der nicht will, daß man seinen Anruf zurückverfolgt..."

Nina seufzte und lehnte sich schwer im Sitz zurück.

"Zwei Dinge müssen wir herausfinden... was hatte Brighton vor, und wer hat ihn angerufen?"

"Ein Mörder, der sich ankündigt?"

Riemann wiegte nachdenklich den Kopf.

"Da ist noch eine Sache... wie konnte der Kerl, der Stella angestiftet hat, so sicher sein, daß Brighton eine Suite reservieren würde? Bei einem normalen Hotelzimmer hätte er doch keine Chance gehabt, nach Unterlagen zu suchen..."

Nina blickte Riemann verblüfft an.

"Guter Gedanke! Möglicherweise hat ihm ein Geschäftspartner die Suite reserviert... aber ist er auch der Mörder?"

Riemann verzog das Gesicht und schaltete die Außenluft ab, vor ihnen stieß ein alter Lastwagen mächtige Rauchwolken aus. Ein Tritt aufs Gaspedal, und sie waren vorbei.

"Dann wissen wir ja, was wir morgen zu tun haben... du schnappst dir diesen Unbekannten, und ich fühle Anna Hauser auf den Zahn, um herauszufinden, was Brighton mit seinem Anruf bei ihnen wollte..."

Nina lachte und boxte Riemann in die Seite.

"Das könnte dir so passen..."

Allein im Dachgeschoß, fiel alles gespielt Leichte von Anna ab. Rastlos durchstreifte sie ihre Wohnung, in der Hoffnung, ihren Freund Alain anzutreffen. Manche Details verrieten die Existenz eines männlichen Wesens. Ein Bademantel, Rasierzeug, schwere Schuhe, ein nachlässig über einen Stuhl geworfener Pullover.

"Alain? Alain, bist du da?"

Als Anna nur Stille antwortete, warf sie sich im Schlafzimmer aufs Bett, brach plötzlich in Tränen aus und starrte mit offenen Augen an die Decke.

Ein leises Geräusch auf dem Speicher ließ sie aus ihrer Starre auffahren und horchen. Das Geräusch, ein Rascheln und Kratzen, wiederholte sich, dann war es wieder ruhig. Anna stand lauernd auf, suchte nach einer Taschenlampe, ging zur Wohnungstür und schlüpfte leise hinaus.

Lautlos betrat sie den geräumigen Speicher, der vollgestellt war mit Gerümpel, Gemälden, Möbeln, Teppichen und altem Plunder, die verdreckte Glühbirne verströmte nur ein schwaches Licht. Schritt für Schritt tastete sie sich tapfer durch die engen Gänge und leuchtete alles ab, und obwohl alles still war, wurde sie die Ahnung nicht los, daß unmittelbar vor ihr ein anderer Mensch hier herumgeschlichen war. Woher sonst die Geräusche?

"Hallo? Ist da jemand?"

Die offene Tür eines riesigen, alten Schranks versperrte ihr den Weg, und als sie sie schließen wollte, fiel ein brüchiges Foto mit verblichenen Farben auf den Boden. Anna hob es auf, es war das Porträt eines hübschen jungen Mädchens mit einem melancholischen Lächeln um die großen Augen von dunklem Blau und den zaghaft geöffneten Mund, das eine auffällige Halskette trug, wie sie in den neunziger Jahren des letzten Jahrhunderts Mode war. Auf der Rückseite des Fotos waren Spuren von Klebstoff zu sehen, als ob es aus einem Album gefallen sei, doch in den Regalen befanden sich nur Nähzeug und Stoffreste. Wie gebannt starrte Anna auf die geheimnisvoll verschatteten Augen und verließ eilig den Speicher.

Gedankenversunken ging sie die Treppe vom Dachboden zu ihrer Wohnung hinunter, als wie aus dem Nichts ihr Bruder Martin jählings vor ihr stand.

"Sag' mal, spinnst du? Mußt du mich so erschrecken?"

"Was hast du um diese Zeit auf dem Speicher zu suchen?

"Ich hörte Geräusche..."

"Das sind doch nur Ratten..."

Martins Blick fiel auf das Foto in ihrer Hand.

"Woher hast du das?"

"Lag irgendwo auf dem Boden..."

Martin hielt Annas Hand fest und warf einen flüchtigen Blick darauf.

"Wir hatten mal ein Au-pair-Mädchen, als du noch ein Säugling warst..."

Martin ließ ihre Hand los und stieg eine Stufe höher.

"Hör mal, ich muß unbedingt mit dir reden..."

"Ich bin müde... hat das nicht bis morgen Zeit?"

"Du hast doch noch mit Mutter gesprochen - was hat sie gesagt?"

"Mein Gott, Martin, hast du nur deine verflixte Karriere im Kopf? Du hast doch ihre Rede gehört..."

"Und? Wie denkst du darüber?"

"Laß' mich jetzt damit zufrieden..."

Martin starrte Anna nach, bis sie in ihrer Wohnung verschwand.

Erfreut sah Nina von ferne, daß vor dem Haus, in dem sie wohnte, noch ein Parkplatz frei war. Sie beschleunigte und rangierte konzentriert in die Lücke hinter dem *VW Scirocco* mit auffälliger Bemalung, schloß ihr Auto ab und suchte in ihrer Handtasche nach ihren Schlüsseln.

Von ihr unbemerkt öffneten sich die beiden Vordertüren des *Scirocco*, und plötzlich stand ihr Bruder Roland vor ihr. Dahinter, leicht verschüchtert, näherte sich ein junges, blasses Mädchen, das sich mit beiden Händen überkreuz an ihren schmalen Schultern festhielt.

"Roland? Was machst du denn hier? Warum rufst du nicht an?"

"Habe ich, aber dein privates Handy ist aus..."

Nina griff in ihre Tasche und hielt das abgeschaltete Telefon in der Hand.

"Tut mir leid, das passiert mir immer wieder..."

"Kein Problem..."

Nina registrierte mit Genugtuung, wie selbstbewußt ihr Bruder auftrat, seitdem er seine Automechanikerlehre wieder aufgenommen hatte. Vor einem halben Jahr drohte er noch auf die schiefe Bahn abzurutschen.

Roland drehte sich zu dem blassen Mädchen um und stellte es seiner Schwester vor.

"Das ist Mara... meine große Schwester Nina..."

Ohne ihre Haltung zu verändern, blieb Mara hinter Roland stehen und nickte Nina scheu zu.

"Hallo..."

"Hallo Mara..."

Nina stellte zufrieden fest, daß Mara an den sichtbaren Körperteilen weder gepierct noch tätowiert war, und wandte sich wieder an Roland.

"Nun sag schon, warum du so spät noch vorbeischaust..."

Roland senkte den Kopf und kickte eine unsichtbare Blechdose Richtung Rinnstein.

"Papa hatte heute einen Schlaganfall... er liegt im Krankenhaus..."

Ninas Gesicht verschloß sich, doch bevor sie etwas erwidern konnte, sprach Roland weiter.

"Ich weiß, er war ekelhaft zu allen, seitdem er seine Arbeit verlor... aber er hat immerzu deinen Namen gemurmelt..."

Aufgewühlt starrte Nina ihren Bruder an.

"Er hat was? Bitte lüg' mich nicht an..."

"Ich schwöre... Mama ist bei ihm, sie ist völlig aufgelöst..."

Nina straffte sich und wollte zu ihrem Auto zurück.

"Okay, ich besuche ihn..."

Roland trat vor und faßte seine Schwester leicht am Arm.

"Ich fahre dich, du mußt müde sein... ich bringe dich auch wieder zurück..."

Mara öffnete die Beifahrertür des *Scirocco* und stieg nach hinten auf den Rücksitz, Roland setzte sich ans Steuer. Nina warf reflexhaft einen Blick um sich, ob sie jemand in dieses gräßliche Auto einsteigen sah, dann warf sie sich mutig auf den Beifahrersitz und schlug die Tür zu.

Ninas Mutter wartete vor dem Krankenzimmer in gekrümmter Haltung auf einem Plastikstuhl, als hätte sie kein Recht auf eine bequeme Haltung. Ihre Augen waren gerötet, doch sie hatte keine Tränen mehr.

Nina ließ sich auf einem Stuhl neben ihr nieder und legte einen Arm um ihre Schultern. Roland und Mara hielten sich im Hintergrund. Die Mutter drehte sich mühsam zu ihrer Tochter um.

"Oh, Nina... gut daß du gekommen bist..."

"Schon gut, Mama... ist es schlimm? Ist er ansprechbar?"

"Sie können noch nichts sagen... aber geh' ruhig zu ihm, er wollte dich sehen..."

Nina atmete tief durch, erhob sich und strich ihrer Mutter leicht über die Haare.

"Es wird alles wieder gut..."

Nina öffnete leise die Tür zum Krankenzimmer und trat hinein.

In dem weißen Bett, dessen Kopfende hochgestellt war, lag ihr Vater an alle möglichen Schläuche angeschlossen, auch aus der Nase ragte einer hervor. Nina ging um das Fußende herum, bis sie ihm ins Gesicht sehen konnte. Bei den ganzen Medikamenten, die in seinem Körper kreisten, konnte man unmöglich sagen, in was für einem Bewußtseinszustand er sich befand. Nina zog vorsichtig einen Stuhl ans Bett heran und setzte sich so, daß sie ganz nahe an seinem Gesicht war. Er konnte seinen Kopf nicht drehen, doch Nina merkte, daß sich seine Augen in ihre Richtung bewegten. Unsicher beugte sie sich noch tiefer über sein Gesicht.

"Hi, Paps, was machst du bloß für Sachen..."

Im Gesicht ihres Vaters arbeitete es, er wollte etwas sagen, aber nur die Lippen bewegten sich.

Nina griff hastig nach seiner Hand, die auf der Bettdecke lag.

"Ganz ruhig, streng dich nicht an..."

Daß er nicht sprechen konnte, schien ihren Vater sehr zu quälen, hilflos sah er seine Tochter mit einem flehentlichen Blick an, in dem Bestürzung, Trauer und die Bitte um Vergebung lagen, und ein heißer Tränenstrom schoß aus Ninas Augen.

2

Die Tür zum Ristorante *Tramonto* stand offen, leere Flaschen und Müll wurden heraus geschleppt, Lieferanten brachten neue Ware.

Riemann stieg aus seinem Dienstwagen, warf kurz einen Blick auf die ausgehängte Speisekarte und ging hinein.

Es war ein kleines, familiäres Lokal, das ohne die üblichen Klischees auskam, nur dunkles Holz und weiße Leinentischtücher, doch im Augenblick herrschte die unbehagliche Atmosphäre des Großreinemachens, es roch nach Putzmitteln und verschüttetem Alkohol.

Ein verschlafener Mann lehnte an der Theke, kaute an einem Sandwich und überwachte mißmutig alles. Riemann zückte seinen Dienstausweis.

"Hauptkommissar Riemann, Mordkommission... kann ich mit dem Besitzer sprechen?"

"Bin ich Padrone... schießen Sie los..."

"Wir suchen eine Person, männlich oder weiblich, die gestern abend zwischen achtzehn Uhr dreißig und neunzehn Uhr von hier aus telefoniert hat... und zwar vom Münzautomaten..."

Der Padrone kaute weiter, überlegte und deutete dann auf sein Sandwich.

"Wollen Sie? Ist fantastisch, garantiert original

Parmaschinken..."

Riemann zuckte leicht zurück.

"Nein, danke, ist noch zu früh für mich..."

"Ohne Frühstück arbeitet Kopf nicht richtig..."

Der Padrone verzog sich hinter die Theke und hantierte an der Espressomaschine.

"Aber kleiner Espresso, va bene?"

"Okay... aber hören Sie, können Sie mir etwas dazu sagen oder nicht?"

"Moment... welche Zeit gestern?"

Die Maschine zischte, und ein dünner schwarzer Strahl schoß in eine kleine Tasse. Der Padrone schob den Espresso vor Riemann hin und stellte die Zuckerdose daneben.

"Danke... zwischen halb sieben und sieben..."

"War noch nicht hier, aber vielleicht weiß Giovanni, stand ganze Zeit hinter Theke, kann Telefon sehen... Giovanni, vieni qui!"

Während sich Riemann eine ordentliche Portion Zucker in die Tasse schüttete und umrührte, kam Giovanni aus dem Nebenzimmer und wischte sich die nassen Hände an der Schürze ab.

"Che c'è?"

"Dieser Signore ist von der Polizei..."

Riemann trank den Espresso in einem Zug aus und nickte Giovanni zu, der jung und smart war, ein richtiger Herzensbrecher.

"Hauptkommissar Riemann... hat gestern abend zwischen halb sieben und sieben jemand vom Münzautomaten aus telefoniert?"

"Si... weiß Zeit nicht genau... glaube, waren drei... ein Mann, nicht alt ... kam nur telefonieren... eine junge Frau, Kopftuch, trank Espresso... ein junger Mann... essen Spaghetti... Handy kaputt..."

"Könnten Sie diese drei näher beschreiben?"

"Wenn sehen vielleicht... sonst... zu weit weg... zu viel Arbeit..."

"Ich verstehe... wir kommen sicher nochmal auf Sie zurück..."

Riemann wollte nach seinem Geldbeutel greifen, doch der Padrone winkte ab.

"No, no... sind Sie Gast... kommen mal mit Gemahlin zum Essen! *Vitello tonnato* ist unsere Spezialität..."

"Vielen Dank... das klingt verlockend..."

Riemann deutete einen Gruß an und verließ eilig das Restaurant.

Die *Privatklinik Dr. Hauser* war ein massiver Betonbau, wie er ausgangs der sechziger Jahre des letzten Jahrhunderts in Mode gekommen war. Diverse An- und Umbauten hatten ihm etwas von seiner Schwerfälligkeit genommen, der ganze Komplex inmitten einer begrünten Anlage wirkte immer noch sehr imponierend.

Nina stieß die Drehtür zur Eingangshalle auf und steuerte direkt auf den Empfang zu, hinter dem ihr eine gepflegte Dame mittleren Alters lächelnd entgegensah. Nina schob ihr ihren Ausweis zu.

"Hauptkommissarin Nina Brandner... ich hätte ein paar Fragen an Sie..."

Die Dame legte den Kopf schief und wollte etwas erwidern, doch Nina kam ihr zuvor.

"Es dauert nicht lange... ich schlage vor, Sie lassen sich kurz vertreten..."

Die Dame flüsterte mit ihrer Kollegin, die neben ihr am Computer saß, dann standen beide auf. Die Kollegin setzte sich an den Empfang, und die Dame winkte Nina nach hinten in einen kleinen Aufenthaltsraum, wo sie beide an einem Klapptisch Platz nahmen. Nina blickte rasch auf das Namensschild an der Bluse, *Bettina Berger*.

"Vielen Dank, Frau Berger, daß Sie sich die Zeit nehmen... es geht um einen Anruf gestern abend nach halb sieben... ein Engländer, Ted Brighton..."

Das Gesicht von Frau Berger hellte sich sofort auf.

"Oh ja, ich kann mich gut erinnern... er wollte den jungen Herrn Dr. Hauser sprechen..."

"Und? Haben Sie ihn durchgestellt?"

"Ich habe es versucht... Dr. Hauser war zwar noch im Haus, doch er bereitete sich auf eine schwierige Operation vor und wollte nicht gestört werden..."

"Haben Sie Ted Brighton nach seinem Anliegen gefragt?"

"Oh ja, natürlich... aber er sagte, es sei privat..."

"War das Gespräch damit beendet?"

"Nein, er wollte unbedingt jemand von der Familie sprechen..."

Frau Berger verstummte verlegen, Nina nickte ihr aufmunternd zu.

"Und?"

"Unsere Frau Direktorin nimmt grundsätzlich keine Anrufe von Leuten entgegen, die sie nicht kennt, also habe ich es in der Praxis der jungen Frau Dr. Hauser versucht... der Anruf wurde in ihre Wohnung umgeleitet..."

Nina sah Frau Berger fragend an, die hastig fortfuhr.

"Das geschieht immer dann, wenn sie bei sich zu Hause arbeitet... sie nahm den Anruf entgegen..."

"Hat sie den Anrufer an Sie zurückverbunden?"

"Nein, danach habe ich nichts mehr von Ted Brighton gehört..."

"Dann hat außer Ihnen nur Anna Hauser direkt mit ihm gesprochen?"

"So sieht es aus..."

Nina registrierte, wie Frau Berger sich unruhig auf ihrem Klappstuhl bewegte, sie wollte offenbar wieder an ihre Arbeit zurück. Nina stand auf und streckte Frau Berger die Hand hin.

"Vielen Dank, Frau Berger, ich will Sie nicht länger aufhalten..."

Sie schüttelten sich die Hände, und Frau Berger versuchte schüchtern nachzuhaken.

"Worum geht es denn eigentlich? Ich hoffe, es hat nichts mit der Klinik zu tun..."

Nina schenkte ihr ein unschuldiges Lächeln.

"Keine Bange, das waren reine Routinefragen..."

Nina betrat das Labor der Spurensicherung, in dem Mona Ryser auf sie wartete.

"Was ist mit Riemann? Wir wollten uns doch hier treffen..."

"Er verspätet sich... aber du kannst ihm ja über alles berichten..."

Mona faßte Nina näher ins Auge.

"Was ist? Du siehst so elend aus..."

"Mein Vater hatte einen Schlaganfall, aber es geht ihm besser..."

"Das tut mir leid..."

Mona wartete, ob noch etwas kam, doch Ninas Gesicht blieb verschlossen. Mona deutete auf einen Plastikbeutel auf ihrem Tisch.

"Also... dieser Ted Brighton hatte tatsächlich Geschlechtsverkehr mit Stella... im Abfalleimer im Bad lag ein gebrauchtes Präservativ..."

Mona griff nach einer kleinen, mit Seidenpapier ausgekleideten Schachtel und hielt sie Nina unter die Nase.

"Außerdem fanden wir jede Menge Fingerabdrücke und diesen kostbaren Ohrring... kann natürlich auch ein früherer Gast verloren haben..."

Nina nahm die Schachtel in die Hand und betrachtete den Ohrring bewundernd von allen Seiten.

"Wunderschön... das ist kein Schmuck von der Stange... ein Juwelier kann uns sicher mehr darüber sagen..."

Die Tür ging auf, und Riemann stürzte herein.

"Tut mir leid. daß ich mich verspätet habe, aber es hat sich gelohnt..."

Er machte ein wichtiges Gesicht.

"Brighton hatte einen Geschäftstermin bei *Vitasoft*, einer Pharmafirma hier in der Stadt, und die hat auch seine Suite im *Splendid* reserviert und bezahlt..."

Nina steckte die Schachtel mit dem Ohrring ein und packte Riemann am Arm.

"Sehr gut, diese Herrschaften knöpfen wir uns gleich vor, alles andere erzähle ich dir unterwegs..."

Als Anna ihre Praxis betrat, traute sie ihren Augen nicht. In ihrem Behandlungszimmer, in dem sie ihre Patienten empfing, lagen überall bunte Luftballons herum, die bei jeder Bewegung durcheinander wirbelten. Auf jeden Ballon war von Hand in verschiedenen Farben ein Buchstabe gemalt.

"Mein Gott, was ist das denn..."

Lisa, Annas Assistentin, eilte herbei.

"Die waren da, als ich vom Mittagessen kam..."

Sie bekam einen roten Kopf.

"Die einzige Kombination, die einen Sinn ergibt, ist: <Ich liebe dich!>

Anna wußte nicht, ob sie lachen oder sich ärgern sollte.

"Typisch Alain, er liebt solchen Quatsch..."

Sie sah Lisa hilflos an.

"Bitte erledigen Sie das für mich, ich habe jetzt keinen Nerv dafür..."

"Aber natürlich..."

Das Domizil der Firma *Vitasoft* entpuppte sich als futuristisches Bauwerk in einem Industriegebiet außerhalb der Stadt.

Riemann und Nina gingen auf den Eingang zu, und zischend fuhr ein Teil der undurchsichtigen Glasverkleidung nach oben, als gäbe sie eine Schießscharte frei, um unmittelbar hinter ihnen wieder nach unten zu sausen.

In der Mitte der hohen, lichtdurchfluteten Eingangshalle thronte eine perfekt gestylte Empfangsdame abgeschottet in einer Art Weltraumkapsel.

Nina und Riemann glitten auf dem Marmorboden auf sie zu und wurden von einer metallischen Lautsprecherstimme begrüßt.

"Guten Tag... sind Sie Mr. Brighton?"

Beide hielten ihre Dienstausweise hoch, und Riemann trat einen Schritt vor.

"Nein, ich bin Hauptkommissar Riemann..."

Er deutete auf Nina.

"...und das hier ist Hauptkommissarin Brandner... gibt es hier so etwas wie einen Chef?"

Die Empfangsdame musterte die Alltagskleidung der beiden Beamten voller Abscheu.

"Gewiß doch..."

Über den Lautsprecher kam wieder ihre metallische Stimme, dann drückte sie rasch ein paar Tasten, bewegte unhörbar ihre Lippen und sprach wieder ins Mikrofon.

"Herr Zondler wird Sie empfangen... Level 6..."

Riemann und Nina wandten sich den Aufzügen zu, doch die Empfangsdame hielt sie zurück.

"Augenblick... für den Aufzug brauchen Sie eine Karte..."

In einem Schlitz unter ihrem Thron erschien eine Plastikkarte. Riemann pulte sie heraus und winkte damit der Empfangsdame zu.

"...und drücken Sie nicht versehentlich auf den Alarmknopf, sonst ist die Feuerwehr gleich wieder da..."

Nina und Riemann sahen sich an und verdrehten die Augen, dann glitt der Aufzug geräuschlos mit ihnen nach oben.

Roman Zondler residierte in einem luftigen, rundum von Glas umfaßten Büro, auch die Tische waren aus Glas, schwarze Ledersessel standen davor, die Sitzgarnitur in der Ecke war ebenfalls aus schwarzem Leder.

Zondler kam hinter seinem Schreibtisch hervor, als Riemann und Nina nach kurzem Klopfen eintraten.

"Ah, Sie sind die beiden Polizeibeamten... bitte treten Sie näher..."

Er dirigierte sie zur Sitzecke und nahm selber Platz.

"Mein Name ist Zondler... ich habe zwar jemand anderes erwartet, aber bitte sehr..."

Nina und Riemann starrten Zondler verblüfft an. Mit seiner blassen Haut, den tiefschwarzen Haaren, den dunkelblauen Augen und seiner großen, schlanken Gestalt war er der Inbegriff eines schönen Mannes. Er sah genau so aus, wie Stella den Unbekannten beschrieben hatte.

Zondler lachte und lehnte sich lässig zurück.

"Sie müssen mir schon Fragen stellen, ich habe keine Ahnung, was Sie von mir wollen..."

Nina reagierte am schnellsten.

"Wir vermuten, daß Sie Ted Brighton von der Firma *LifeResearch* erwarten..."

Zondler hob die Augenbrauen und nickte Nina anerkennend zu.

"Richtig, deswegen hoffe ich, daß es nicht zu lange dauert..."

"Er ist leider verhindert... jemand hat ihn umgebracht..."

Zondler sah nicht aus wie jemand, dem das naheging, eher wie ein Kind, dem man das Spielzeug weggenommen hat.

"Ted Brighton ist ermordet worden? Armer Teufel... wie ist das passiert?"

"Genau das versuchen wir aufzuklären..."

Zondler wirkte jetzt merklich abgekühlt.

"Und warum kommen Sie ausgerechnet zu mir?"

Nina sieht Riemann an, und er übernimmt.

"Sagen Sie uns zunächst einmal, was Sie mit Brighton besprechen wollten..."

Zondler war jetzt eindeutig auf der Hut.

"Na ja, wir forschten beide an einem Arzneimittel, das die Blockade bei einer Amnesie beseitigen soll... und hofften, daß es auch bei Alzheimer hilft..."

"Sie versuchten, die Möglichkeiten einer Zusammenarbeit auszuloten..."

"Ganz genau..."

Nina holte ihr Smartphone hervor und wählte eine Telefonnummer. Irgendwo in einer Schreibtischschublade klingelte ein Mobiltelefon. Zondler fuhr erschrocken hoch.

"Was tun Sie da? Was sollen diese Tricks?"

Nina schaltete das Telefon wieder aus.

"Kein Trick... bevor Brighton umgebracht wurde, hat ihm eine attraktive junge Blondine einen intimen Besuch abgestattet... sie tat es im Auftrag eines Unbekannten, der sich auf diese Weise Zugang zu seinem Hotelzimmer verschaffen wollte, und unter dieser Prepaid-Nummer hat sie ihn erreicht..."

Zondler saß aufgewühlt in seiner Ecke und stand abrupt auf.

"Okay, okay, ich habe einen Fehler gemacht..."

Mit großen Schritten ging er auf und ab und drehte sich immer wieder zu den Polizeibeamten um.

"Ich wollte wissen, wie weit Brighton war... wir trafen uns auf Kongressen, und ich kannte seine Schwäche für attraktive Blondinen..."

"Haben Sie gefunden, was Sie suchten?"

"Ein paar Daten waren mir neu, aber das Wichtigste war paßwortgeschützt..."

"Haben Sie deswegen seinen Computer und das Smartphone mitgenommen?"

Zondler drehte sich zu Nina um und funkelte sie wütend an.

"Glauben Sie wirklich, ich bin so blöd? Der hätte doch gleich gewußt, woher der Wind weht..."

Riemann lehnte sich nach vorne.

"...vielleicht haben Sie entdeckt, daß er viel weiter war als Sie... Sie warteten, bis Stella das Zimmer verließ, kehrten zurück, brachten ihn um und nahmen alles mit, was Sie verraten konnte..."

Drohend ging Zondler auf Riemann zu.

"Hören Sie sich eigentlich zu, wenn Sie solchen Blödsinn reden? Bis Sie kamen, wußte ich ja nicht einmal, daß Brighton tot ist..."

Nina stand auf, auch Riemann erhob sich.

"Wir brauchen Ihre DNS, ihre Fingerabdrücke, und ein Team wird hier und in Ihren Privaträumen alles durchsuchen..."

"Dazu brauchen Sie einen richterlichen Beschluß..."

"Keine Sorge, den kriegen wir..."

Zondler stand vor ihnen und starrte sie fassungslos an, unwillkürlich schlossen und öffneten sich seine Hände, er bot das Bild eines Menschen, der vollkommen den Boden unter seinen Füßen verloren hat.

Anna Hausers Behandlungszimmer war ähnlich eingerichtet wie ihre Wohnung, mit gediegenen, schweren, dunklen Möbeln, einer dunkelbraunen Ledercouch und einem dazu passenden Schreibtisch. In Verbindung mit dem indirekten, warmen, stufenlos dimmbaren Licht hatte der Raum etwas Magisches, Unwirkliches. Von den bunten Ballons war nichts mehr zu sehen.

Karl Teichmann, ein Mann um die fünfzig mit ungesunder Hautfarbe und schütterem Haar lag mit geschlossenen Augen auf der Couch, seine monotone, leblose Stimme erfüllt den Raum.

"...es geht immer um dieselbe Geschichte... ich war mit meiner Mutter bei meinen Großeltern... die hatten einen großen, verwilderten Garten, den ich sehr liebte..."

Anna saß in einem bequemen Ledersessel schräg hinter ihm, ließ ein Band mitlaufen und machte sich Notizen. Sie wirkte äußerst angespannt, als ob ihr Teichmanns Bekenntnisse persönlich nahegingen.

"Sie waren sieben..."

"Ja, ungefähr... in einem verlassenen Nest fand ich schöne bunte Vogelfedern und die Reste von Eiern, aus denen die Küken geschlüpft waren... ich wollte das meiner Mutter zeigen, doch sie stieß mich so heftig zurück, als hätte ich mich im Dreck gewälzt... sie ekelt sich vor allem, was nicht glänzt und zehnmal abgewaschen ist... dann habe ich etwas zu ihr gesagt... wenn ich mich bloß erinnern könnte... seitdem war sie wie eine Fremde zu mir..."

Teichmann richtete sich auf, als von Anna keine Reaktion kam, und sah, wie sie, eine Hand vor den Augen, scheinbar völlig woanders war.

"Hören Sie, Frau Doktor, wenn ich Sie so schrecklich langweile, machen wir lieber Schluß... es reicht mir, wenn meine Mutter nichts von mir wissen will!"

Anna schreckte hoch, aber sie war voll da.

"Mein Gott, Karl, ich habe Ihnen doch zugehört... manchmal kann ich mich einfach besser konzentrieren, wenn ich die Augen schließe..."

"Ist ja auch egal... ich quatsche und quatsche, und es kommt nichts dabei heraus..."

"Sie dürfen jetzt nicht aufgeben, Sie sind ganz nahe dran!"

Teichmann erhob sich langsam und stand unschlüssig da.

Anna stand ebenfalls auf und legte Teichmann

eine Hand auf den Arm.

"Hören Sie... es besteht bald die Möglichkeit, diesen Prozeß medikamentös zu beschleunigen, also halten Sie durch..."

Teichmann sah Anna zweifelnd an.

"...aber darüber reden wir später, wir finden einen Weg..."

Teichmann nickte, und Anna öffnete die kleine Tür, die direkt in den Flur hinausführte, und ließ ihn hinaus. Sie sah ungewöhnlich erschöpft aus. Sie gab sich einen Ruck und drückte auf einen Knopf, die Jalousien gingen hoch und das indirekte Licht erlosch. Der Raum hatte seinen Charakter vollkommen geändert.

Die Praxishelferin sah auf, als Anna rasch ins Vorzimmer trat.

"Oh, Frau Dr. Hauser... zwei Polizeibeamte warten auf Sie..."

Anna blieb abrupt stehen, einen Augenblick schien sie verwirrt.

"Ja, gut... führen Sie sie in meine Praxis..."

Sie ging zurück ins Behandlungszimmer und stellte sich ans Fenster. Die Stimme ihrer Mitarbeiterin drang zu ihr herein.

"Bitte sehr, hier entlang..."

Anna drehte sich um, als Nina und Riemann nacheinander in der Tür erschienen und verlegen stehenblieben.

"Wir stören nur ungern... aber wir müßten kurz mit Ihnen reden..."

Anna zwang sich zu einem Lächeln und wies auf die zwei bequemen Ledersessel vor ihrem Schreibtisch. Die Praxishelferin schloß leise die Tür.

"Aber gerne, mein letzter Patient ist eben gegangen..."

Anna setzte sich an ihren Schreibtisch und versuchte sich eine lässige Haltung zu geben.

Riemann beugte sich vor.

"Sie erinnern sich, daß wir von Ihrer Feier zu einem Mordfall gerufen wurden..."

"Ja, das tut mir sehr leid..."

"Im Hotel *Splendid* wurde ein Mann umgebracht... kurz davor hat er noch telefoniert, und zwar mit der *Privatklinik Dr. Hauser*..."

"Ein Engländer? Ted Brighton?"

"Ja, genau..."

"Die Zentrale hat ihn in meine Wohnung umgestellt... aber ehrlich gesagt, ich wurde nicht schlau aus ihm..."

"Hat er einen Grund genannt für seinen Anruf?"

"Er beharrte darauf, unbedingt jemanden von der Familie zu sprechen, und ich empfahl ihm, doch persönlich vorbeizukommen, da er ohnehin in der Stadt war..."

"Und wie hat er reagiert?"

"Ich glaube, er hat meinen Standpunkt verstanden... vertrauliche Gespräche am Telefon sind immer sehr heikel..."

"War sein Anliegen persönlicher oder medizinischer Art?"

"Genau das wollte er mir nicht sagen..."

"Kennen Sie das Ristorante *Tramonto*?"

Anna dachte kurz nach und schüttelte den Kopf.

"Nein, ist mir nicht bekannt..."

Riemann schien erleichtert, Nina nickte abwesend und deutete auf ein kostbares Muranoglas, in dem neben Bleistiften, Kugelschreibern und einer Papierschere auch einige Einwegskalpelle in Plasitkhüllen standen.

"Ist das eine neue Methode, Neurosen zu heilen?"

Anna lachte.

"Nein, das blutige Handwerk überlasse ich meinem Bruder... die ganze Familie benützt sie... ich als Brieföffner, meine Mutter zum Auftrennen von Kleidernähten, sogar Fische filettiert sie damit..."

Riemann und Nina sahen sich an und standen auf.

"Danke, Anna... das war's schon..."

Im Hinausgehen warf Nina einen Blick auf die gediegene Ledercouch.

"Es muß eine große Erleichterung sein, sich dort alles von der Seele zu reden..."

Ein schmerzliches Lächeln huschte über Annas Gesicht.

"Leider löst reden nicht alle Probleme..."

Anna geleitete Nina und Riemann zur Tür und hielt Nina überraschend am Arm fest.

"Es ist unverschämt von mir, aber ich habe eine Bitte... ich möchte meinem Verlobten eine Krawatte schenken, fühle mich aber gerade etwas überfordert... würden Sie mich begleiten?"

Nina streifte Riemann mit einem spöttischen Blick.

"Warum nicht? Ich habe auch noch in der Innenstadt zu tun, und meine Kollege wollte ins Präsidium..."

"Vielen Dank, das ist ganz lieb von Ihnen..."

Anna öffnete die Tür zum Vorzimmer, und Riemann schob sich mit einem grimmigen Lächeln an Nina vorbei.

In der Boutique *Pour Hommes* strich Anna ratlos an den Auslagen entlang, hob hier ein Hemd hoch, faßte dort nach einem Gürtel. Nina folgte ihr, neugierig darauf zu erfahren, was sie dazu bewogen hatte, sie um ihre Begleitung zu bitten. Bei den Krawatten drehte sich Anna unvermittelt zu ihr um.

"Ich bin völlig durcheinander... Alain, mein Verlobter, wünscht sich, daß wir bald heiraten... ich liebe ihn ja, aber es gibt etwas, das ich erst für mich klären muß, doch das will er nicht verstehen..."

Nina stand dicht bei Anna und sah ihr ruhig in die Augen. Anna wurde verlegen.

"Aber wie komme ich dazu, Sie derart zu belästigen..."

"Keine Spur... uns Frauen stellt die Ehe immer vor die Wahl, wie viel Freiheit wir bereit sind aufzugeben... mein Freund bedrängt mich auch... aber was mache ich mit meinem Beruf, wenn wir Kinder kriegen? Männer machen einfach immer so weiter..."

Mit weitaufgerissenen Augen, in denen ein feuchter Glanz schimmerte, hing Anna an Ninas Lippen, als hätte sie ihr eben zu einer großen Erkenntnis verholfen. Sie küßte sie wortlos auf die Wange und griff wahllos nach einer Krawatte.

"Ziemlich bunt... finden Sie nicht?"

"Ja, etwas auffällig... aber ich kenne Ihren Verlobten ja nicht..."

Anna hatte ihre Fassung wiedergefunden und wirkte jetzt beinahe übermütig.

"Ich nehme sie trotzdem... sie paßt gut zu Alain..."

Zusammen gingen sie zur Kasse.

"Eine Psychiaterin, die mit ihrem Leben nicht zurechtkommt... was müssen Sie jetzt von mir denken.."

"Machen Sie sich darüber keine Gedanken... ich habe Ihr Buch gelesen... *<Geträumte Erinnerungen – Suggestion und Wirklichkeit>*, das hat mich sehr beeindruckt..."

"Oh ja, die Erinnerungen..."

Es war schon dunkel, als Nina abgekämpft das alteingesessene Juweliergeschäft *Ernst Blank & Söhne* betrat. Wie an einem Faden gezogen erschien aus dem Hintergrund ein gepflegter, älterer Herr mit weißen Haaren in einem eng geschnittenen, dunklen Anzug und ging auf sie zu.

"Guten Abend, was kann ich für Sie tun?"

Nina fühlte sich underdressed und fehl am Platz in dieser gediegenen, von indirektem Licht weihevoll beleuchteten Luxusoase. Hastig zeigte sie ihren Ausweis vor.

"Nina Brandner, Kriminalhauptkommissarin..."

Der ältere Herr, der trotz seines betagten Alters sicher bereits der Enkel des Firmengründers war, deutete eine leichte Verbeugung an und verzog keine Miene.

"Stets zu Diensten..."

Nina steckte ihren Ausweis wieder ein, holte die Schmuckschachtel aus ihrer Jackentasche hervor und öffnete sie.

"Es geht um diesen Ohrring... wir vermuten, daß

es sich um eine Sonderanfertigung handelt... ich hoffe, Sie können uns helfen..."

Der Juwelier beugte sich über die geöffnete Schatulle und geriet unverzüglich in den Bann des Schmuckstücks. Wie in Trance streckte er seine Hand aus und sah Nina kurz an.

"Darf ich?"

"Selbstverständlich..."

Behutsam befreite er den Ohrring aus dem Seidenpapier und hielt ihn gegen das Licht. Es war ein großer, ovaler Smaragd in einer altmodischen, fein ziselierten Silberfassung. Ein Lächeln des Erkennens glitt über das Gesicht des Juweliers.

"Es ist zwar schon eine Weile her, aber das ist eindeutig eine Arbeit unseres Hauses..."

Nina lachte vor Erleichterung.

"Gottseidank... ich hatte schon die Hoffnung verloren..."

Der Juwelier gab Nina den Ohrring zurück, den sie wieder in die Schachtel legte.

"Würden Sie bitte nachschauen, in wessen Auftrag dies geschah?"

Die Gesichtszüge des Juweliers versteiften sich, denn Diskretion war das Fundament seines Geschäfts.

"Ich weiß nicht, ob..."

"Ich verspreche Ihnen, diese Angelegenheit vertraulich zu behandeln... wir ermitteln in einem Mordfall, auch wir sind nicht an einer aufdringlichen Presse interessiert..."

Der Juwelier sah Nina lange in die Augen, dann nickte er und wandte sich um.

"Ich verlasse mich auf Ihr Wort..."

Er zog eine Schublade auf, wuchtete ein dickes, ledergebundenes Auftragsbuch auf den Ladentisch und blätterte es rasch nach hinten durch, bis sein Zeigefinger bei einem bestimmten Eintrag stehenblieb.

"Da haben wir's... ist etwa drei Jahre her... ein gewisser Alain Rickenbach..."

Fragend sah der Juwelier zu Nina auf, die ihm gefolgt war. Sie mußte sich beherrschen, um sich ihre Überraschung nicht allzu deutlich anmerken zu lassen, und tippte den Namen in ihr Smartphone.

"Hilft Ihnen das weiter?"

"Oh, ja, ganz gewiß... haben Sie auch eine Anschrift?"

"Augenblick... scheint die Adresse eines Verlags zu sein..."

Nina nahm auch die Adresse auf, die ihm der Juwelier nannte, und drückte ihm fest die Hand.

"Vielen Dank, Sie waren uns wirklich eine große Hilfe..."

"Keine Ursache..."

Der Juwelier klappte das Auftragsbuch zu und sah mit schmerzlich verzogenem Gesicht der jungen Kriminalbeamtin nach, die in ihrer praktischen Arbeitskleidung zielstrebig seinen Laden verließ.

Anna fuhr mit ihrem *Mito* durch das weitgeöffnete Gartentor der *Villa Hauser*, das sich hinter ihr wieder schloß, parkte ihr Auto am Ende der Auffahrt rechts in einer der Garagen und betrat das Haus eilig durch das Hauptportal.

In ihrer Wohnung legte Anna die in Seidenpapier verpackte Krawatte für Alain auf eine kleine Kommode im Flur ab, ging sofort, ohne ihre Jacke auszuziehen, zu einem Schrank im Wohnzimmer und holte ein Tablett heraus, auf dem ein kleines Fläschchen mit einer klaren Flüssigkeit, ein Audio-Recorder und ein Gefäß mit Würfelzucker standen.

Sie setzte sich in einen bequemen Sessel, träufelte aus dem Fläschchen einen Tropfen auf ein Stück Zucker, ließ es im Mund zergehen und schaltete den Recorder ein. Ein Zittern ging durch ihren Körper, sie stöhnte auf und warf den Kopf hin und her, Schweißperlen erschienen auf ihrer Stirn, ihr Atem ging stoßweise. Allmählich beruhigte sie sich wieder, sie holte das Foto mit dem namenlosen Mädchen aus ihrer Tasche, das sie auf dem Speicher gefunden hatte, starrte es lange an und schloß die Augen.

Die Klingel an ihrer Wohnung und danach ein ungeduldiges Klopfen rissen Anna aus ihrer Selbstversunkenheit. Sie schreckte hoch, sah verwirrt um sich, griff nach dem Tablett und verstaute es hastig wieder im Schrank. Unsicher ging sie zur Wohnungstür.

"Ich komme..."

Anna öffnete vorsichtig die Tür und erschrak, als sie Alain mit verschränkten Armen an das Treppengeländer gelehnt stehen sah.

"Alain? Warum klingelst du? Du hast doch einen Schlüssel..."

Alain stieß sich vom Geländer ab und taxierte Anna mit einem scharfen Blick. Er sah wild aus mit seinem ungebändigten Haarschopf und seinen blitzenden schwarzen Augen.

"Ich wußte nicht, ob ich gelegen komme..."

Alain ging an Anna vorbei ins Wohnzimmer und drapierte sich auf dem Sofa, Anna setzte sich zögernd wieder in ihren Sessel. Mühsam versuchte sie, einen leichten Ton anzuschlagen.

"Möchtest du etwas trinken? Ich bin auch eben erst nach Hause gekommen..."

Alain machte eine ablehnende Geste, sah sich gleichzeitig prüfend um und ließ erneut seinen forschenden Blick auf Anna ruhen, die unvermittelt aufsprang.

"Oh! Beinahe hätte ich es vergessen, ich habe dir eine Krawatte gekauft..."

Anna lief in den Flur, kam mit dem Geschenk zurück und drückte es Alain in die Hände. Mißtrauisch faltete er das Seidenpapier auseinander, warf einen Blick auf die grellbunte Krawatte und sah mit gerunzelter Stirn zu Anna auf.

"Anna? Was ist los? Hast du wieder dieses Zeug genommen?"

Anna warf sich in ihren Sessel und fiel sofort in sich zusammen.

"Ach, Alain, wann hörst du endlich auf, mir Vorwürfe zu machen... du weißt doch genau, solange ich nicht weiß, was hinter meinem Alptraum steckt, werde ich nie frei sein..."

"Glaubst du im Ernst, du kannst mit Chemie deine Gehirnzellen überlisten?"

Anna hüllte sich in ihre Jacke, als ob sie fröre, ohne etwas zu erwidern. Alain rückte auf dem Sofa näher an sie heran und griff nach ihrer Hand.

"So kann es doch nicht weitergehen... irgendwann erstickst du an deinem Seelenmüll..."

Anna nahm Alains Hand in ihre beiden Hände, legte ihre Stirn darauf und weinte still vor sich hin.

"Bitte Alain, hab' noch ein wenig Geduld..."

Im Polizeipräsidium betrat Nina das Büro, das sie für diesen Fall gemeinsam mit Marco Riemann bezogen hatte. Riemann lag fast in seinem Bürostuhl, tippte in seinen Computer und starrte auf den Bildschirm. Auf seinem Schreibtisch stapelten sich die Kaffeebecher. Er sah auf, als Nina neben ihm stehenblieb.

"Na, wie geht's deiner neuen besten Freundin?"

"Sie liebt ihren Freund, doch irgendetwas liegt ihr schwer auf der Seele... was gefunden bei Zondler?"

Riemann schob sich seufzend in eine sitzende Position und drehte sich zu Nina herum.

"Nichts... wir haben alles durchsucht, aber er hatte ja genügend Zeit für ein sicheres Versteck..."

Nina schüttelte zweifelnd den Kopf.

"Das ergibt ja auch irgendwie keinen Sinn... diese Inszenierung mit Stella, der Elektroschocker, das Blutbad..."

"Dann müssen unsere Leute diesen Ted Brighton nochmal durchleuchten... es muß doch einen Grund geben, daß er in der *Privatklinik Dr. Hauser* angerufen hat und aus einem Restaurant zurückgerufen wurde..."

"Ja, du hast recht..."

Riemann bemerkte den abwesenden Blick Ninas.

"Alles klar mit deinem Vater?"

Nina schrak leicht zusammen.

"Er wird gut versorgt..."

Nina zog ihren Bürostuhl neben Riemann und setzte sich.

"Einen Treffer habe ich doch noch gelandet..."

Sie holte die kleine Schmuckschachtel mit dem Ohrring aus ihrer Jacke hervor.

"Ich weiß zwar noch nicht, wem dieser Ohrring gehört, aber ich weiß, wer ihn in Auftrag gab..."

Riemann schnitt eine Grimasse.

"Laß mich raten... der Verlobte deiner Busenfreundin..."

Nina starrte ihren Kollegen mit offenem Mund an.

"Woher weißt du das?"

"Ich weiß gar nichts... ich wollte dich nur ärgern..."

"Aber es stimmt... Alain Rickenbach ließ sie vor drei Jahren anfertigen..."

Jetzt war es an Riemann, verblüfft zu sein.

"Tatsächlich? Dann nichts wie los zu der Dame..."

"Nein, wir gehen nicht zu Anna... gleich morgen früh statten wir Rickenbach einen Besuch ab..."

"Warum? Das ist doch Zeitverschwendung..."

"Was ist, wenn die Ohrringe nicht für Anna waren? Dann haben wir umsonst schlafende Hunde geweckt..."

Riemann verzog das Gesicht

"Na, und? Keiner hat diese Anna verdient..."

Er gähnte, machte seinen Computer aus und stand

auf.

"Jetzt gehe ich erstmal nach Hause..."

3

Nina und Riemann stiegen aus ihrem Dienstwagen, folgten dem Hinweisschild <*Verlagshaus Rickenbach*>, durchquerten einen Hinterhof und gingen auf ein verwittertes Rückgebäude zu, das dringend einer Renovierung bedurfte, als von hinten eine aggressive Stimme laut wurde.

"Sind Sie Schriftsteller? Dann rate ich Ihnen, mir heute aus dem Weg zu gehen..."

Alain Rickenbach, Annas Verlobter, war in mieser Stimmung, er überholte Riemann und Nina mit großen Schritten und stellte sich breitbeinig vor den Verlagseingang. Seufzend zeigte Nina ihren Dienstausweis.

"Mein Name ist Nina Brandner, Mordkommission... mein Kollege Marco Riemann..."

Rickenbachs Laune hob sich augenblicklich.

"Oh, das trifft sich gut... dann sind Sie ja auch zuständig für die Wortleichen all dieser blutleeren Möchtegern-Autoren, die Tag für Tag auf meinem Schreibtisch landen..."

Nina mußte lächeln.

"Tut mir leid, gegen Dummheit und Dilettantismus gibt es leider kein Gesetz..."

"Nein? Ist doch auch eine Art Körperverletzung..."

Rickenbach riß übertrieben die Tür vor ihnen auf, ließ sie eintreten und hob hinter ihnen die Post auf, die vom defekten Briefkasten auf den Boden gefallen war.

"Kommen Sie, kommen Sie, treten Sie ein..."

Der Verlag bestand hauptsächlich aus einem kleinen Büro und einem großen Raum, der vor allem als Lager diente, alles sah sehr provisorisch und deprimierend aus.

Rickenbach nahm hinter dem Schreibtisch in einem alten, ausgeleierten Ledersessel Platz, deutete auf zwei ebenso alte, ledergepolsterte Stühle und schlitzte, aufmerksam beobachtet von Nina, seine Post mit einem Skalpell auf, das genauso aussah wie die in dem Glasgefäß in Annas Praxis.

"Ich nehme nicht an, daß Sie gekommen sind, um sich die Klagen eines Mannes anzuhören, der verrückt genug ist, unbekannte deutsche Gegenwartsliteratur zu verlegen..."

Nina konnte die Augen nicht von dem Skalpell wenden, das durch das Papier fuhr, als sei es Wasser.

"Nein, es geht in der Tat um profanere Dinge..."

Umständlich holte sie den Ohrring aus der Schachtel und legte ihn vor Rickenbach auf den Schreibtisch.

"Von einem Juwelier haben wir die Auskunft, daß Sie diese Ohrringe vor drei Jahren in Auftrag gegeben haben..."

Rickenbach hielt in seiner Beschäftigung inne, drehte den Ohrring kurz vor seinen Augen und fuhr mißmutig fort, seine Briefe aufzuschlitzen.

"Es geht also wieder einmal um die Familie Hauser..."

"Was soll das heißen?"

Rickenbach war wieder drauf und dran, in die Luft zu gehen.

"Wissen Sie, was ich als meine größte Lebensleistung betrachten würde? Wenn Anna und ich endlich heiraten würden und sie meinen Namen annimmt!"

"Dürfen wir daraus schließen, daß die Ohrringe Anna Hauser gehören?"

"Richtig geraten, sie waren ein Verlobungsgeschenk... aber wo haben Sie ihn her?"

Riemann wechselte einen triumphierenden Blick mit Nina und beugte sich vor.

"Den haben wir in einem Hotelzimmer gefunden..."

"In einem Hotelzimmer? Wollen Sie damit sagen..."

"Nicht, was Sie denken... in diesem Hotelzimmer wurde ein Mord verübt..."

Rickenbach legte das Skalpell hin und schob die Briefe beiseite, er schien auf einmal ein ganz anderer Mensch.

"Glauben Sie, daß Anna..."

"Wir glauben gar nichts... wir wollten nur von Ihnen hören, daß die Ohrringe nicht für eine andere Dame bestimmt waren..."

Rickenbach wirkte jetzt völlig zerknirscht.

"Arme Anna... ausgerechnet ich muß sie verpetzen..."

Nina gab Riemann ein Zeichen, und beide standen auf.

"Machen Sie sich keine Gedanken, wir hätten das auch so herausgefunden..."

Im Hinausgehen überflog Riemann die Buchtitel auf den Regalen.

"Wissen Sie was? Vielleicht sollten Sie's mal mit Krimis versuchen..."

Rickenbach war hinter seinem Schreibtisch sitzengeblieben und funkelte ihn nur reglos an.

Anna Hauser lag in ihrer Wohnung auf dem Sofa und starrte mit geweiteten Pupillen auf das Foto mit dem jungen Mädchen, das sie auf dem Speicher gefunden hatte, als die Klingel an ihrer Wohnungstür sie aus ihrem tranceartigen Zustand hochschreckte.

"Ich komme..."

Sie schob das Foto in ihre Bluse, öffnete zögernd einen spaltbreit die Tür und sah sich Riemann und

Nina gegenüber.

"Es tut uns leid, daß wir Sie schon wieder belästigen, aber es gibt einen triftigen Grund..."

Überrumpelt stolperte Anna rückwärts und öffnete die Tür ganz.

"Aber bitte, kommen Sie doch herein..."

Nina sah sofort, daß Anna nicht in bester Verfassung war, und blieb auf der Türschwelle stehen.

"Kommen wir auch nicht ungelegen?"

"Nein, nein... ich bin nur etwas überarbeitet..."

Anna führte die Kriminalbeamten ins Wohnzimmer und deutete auf die Sessel, die um den Glastisch herum gegenüber vom Sofa standen, sie selbst nahm wieder auf dem Sofa Platz. Umständlich nestelte Nina den Ohrring aus der Schachtel.

"Ihr Verlobter, Alain Rickenbach, hat uns bestätigt, daß er Ihnen diesen Ohrring zur Verlobung schenkte..."

Anna faßte den Ohrring zwischen Zeigefinger und Daumen, prüfte ihn unbefangen von allen Seiten und gab ihn Nina stirnrunzelnd zurück.

"Das stimmt, aber woher haben Sie ihn? Augenblick..."

Anna stand rasch auf, verließ das Zimmer, kehrte mit einer kleinen Schmuckschatulle zurück und ließ den Deckel aufspringen. Verblüfft zog sie einen einzelnen Ohrring heraus, der dem anderen aufs Haar glich. Die Vertiefung für den zweiten war leer.

"Aber... ich verstehe nicht..."

Riemann griff beschwichtigend ein.

"Können Sie sich erinnern, wann Sie sie zum letzten Mal getragen haben?"

"Oh, das ist lange her... ich behänge mich ungern mit Schmuck..."

"Vorgestern kann es nicht gewesen sein?"

"Vorgestern? Bei der Jubiläumsfeier? Ganz sicher nicht..."

Anna sah Riemann nachdenklich an und mußte plötzlich lächeln.

"Sie waren doch auch dort und haben mit mir gesprochen..."

Nina warf einen belustigten Blick auf Riemann, der verlegen herumdruckste.

"Nun, ehrlich gesagt, habe ich nicht auf Ihren Schmuck geachtet..."

Nina schaltete sich wieder ein.

"Wir fragen deshalb, weil wir den Ohrring in der Suite des Hotels *Splendid* fanden, in der Ted Brighton ermordet wurde..."

Anna, die sich in den letzten Minuten zunehmend entspannt hatte, ließ diese Eröffnung förmlich erstarren.

"Aber glauben Sie mir, ich war nie auch nur in der

Nähe dieses Hotels..."

"Haben Sie eine Erklärung dafür?"

Anna schüttelte nur heftig den Kopf.

"Kennen Sie das Ristorante *Tramonto*? Der Schankkellner hat beobachtet, wie von dort aus jemand Ted Brighton kurz vor dem Mord angerufen hat..."

"Was soll denn das nun wieder heißen?"

"Ted Brighton wollte sich mit einem gewissen Roman Zondler treffen, dem Leiter der Firma *Vitasoft*... beide arbeiteten an einem Mittel gegen Amnesie..."

Anna, die in aufsteigender Panik Ninas Worten gefolgt war, brach unvermittelt in Tränen aus, um sich aber schnell wieder zu beruhigen.

"Verzeihung, das ist alles zu viel für mich... Roman Zondler ist ein Studienfreund von mir, aus persönlichen Gründen bin ich sehr an seiner Forschung interessiert..."

Anna warf einen raschen Blick auf Riemann und Nina, die sie beide ernst und abwartend betrachteten, und senkte den Kopf.

"Ich habe einen immer wiederkehrenden Alptraum, von dem ich nicht weiß, ob er reine Phantasie ist oder auf einem realen Ereignis beruht... ich bin noch ein Säugling und liege in einer Wiege, eine schattenhafte Frauengestalt beugt sich über mich und streichelt mich zärtlich... doch plötzlich wendet sie

sich einer männlichen Gestalt zu, die sich schatten-
haft an der Wand abzeichnet... die beiden flüstern
miteinander und bewegen sich dann bedrohlich in einer Art Tanz oder Kampf... die Frau schreit auf, der
Mann beugt sich kurz über die Wiege, aber er ist zu
nah, ich erkenne sein Gesicht nicht... und jedesmal
wache ich schweißgebadet auf..."

Anna kam wieder zu sich und richtete sich auf.

"Bitte halten Sie mich nicht für übergeschnappt,
auch wenn Alain das zu glauben scheint..."

Nina sah Anna forschend in die Augen.

"Weil Sie mit der Substanz experimentieren, die
Zondler entwickelt?"

"Ja, ich würde alles dafür tun, um mich von diesem Alptraum zu befreien..."

Riemann sah Anna zweifelnd an.

"Wirklich alles?"

"Alles außer Mord..."

"Dann haben Sie sicher nichts dagegen, daß wir
Ihre Fingerabdrücke nehmen..."

Nina und Riemann betraten ihr Büro im Polizeipräsidium, um ihre weiteren Schritte zu besprechen,
und prallten erschrocken zurück. Auf einem der Bürosessel hatte ihr adipöser Kollege von der Recher-
che-Abteilung Platz genommen, den alle nur *Scroller* riefen, und sah ihnen fröhlich entgegen. Er war so

umfangreich, daß er sich nicht auf der Sitzfläche niederlassen konnte, sondern halb auf den Seitenlehnen ruhte, sodaß er eher stand als saß. Am Computer war er extrem flink und erfindungsreich, er schien mit den Geräten verwachsen.

"Keine Angst, Leute, ich bin gleich wieder weg, aber das solltet ihr sehen..."

Er wandte sich mühsam dem Computer zu und spielte auf den Tasten herum wie andere auf dem Klavier. Nina und Riemann traten hinter ihn.

"Hier...Ted Brighton... geboren 1971 in Liverpool... Eltern 1994 bei Autounfall gestorben...verheiratet, zwei Kinder... Schwester Shirley... geboren 1973... ab 1990 zwei Jahre *Au-pair-Mädchen* bei der Familie Anton Hauser... verschwand 1992 als Neunzehnjährige spurlos..."

Nina und Riemann schauten sich verblüfft an.

"Wurde sie nie gefunden?"

"Es gab offenbar eine riesige Suchaktion, der Ruf der Familie stand schließlich auf dem Spiel... ohne Ergebnis..."

Ihr Kollege erhob sich und walzte majestätisch zur Tür hinaus.

"So, jetzt seid ihr an der Reihe..."

Riemann setzte sich vor den Bildschirm und las nach, was ihnen ihr Kollege in Stichworten zitiert hatte, und betrachtete die Fotos.

"Das wird ja immer mysteriöser..."

Nina schob ihren Stuhl neben Riemann.

"Vielleicht hat Ted Brighton die Hausers wegen seiner Schwester angerufen?"

Riemanns Miene verfinsterte sich.

"Aber wie kam der Ohrring Anna Hausers an den Tatort?"

Nina nickte beklommen.

"Das sieht alles gar nicht gut aus..."

Die Familienmitglieder hatten sich in Martha Hausers geräumigem Büro versammelt und saßen hinter dem Schreibtisch verschanzt wie in einer Wagenburg. Martha in der Mitte auf ihrem komfortablen Bürosessel, zu ihrer Linken ihr Sohn Martin, zu ihrer Rechten Anna, ihre Tochter, beide auf behelfsmäßig hingestellten Klappstühlen.

Die Tür öffnete sich, Nina und Riemann traten ein und blieben stehen. Martha Hauser nickte ihnen zu.

"Bitte nehmen Sie doch Platz..."

Die beiden Kriminalbeamten ließen sich auf den Besuchersesseln vor dem Schreibtisch nieder und wirkten in dieser Sitzordnung wie Angeklagte.

"Ich bin Frau Dr. Hauser, ich leite diese Klinik..."

Sie neigte den Kopf leicht nach rechts.

"Meine Tochter Anna kennen Sie ja bereits..."

Ihr Kopf schwenkte nach links, ohne die beiden Polizisten aus den Augen zu lassen.

"Mein Sohn Martin..."

Martin nickte ihnen mit gerunzelter Stirn zu.

Nina lächelte unbefangen in die Runde. Ihr entging die kleine, archaisch anmutende Elfenbeinskulptur nicht, eine primitive Frauenfigur, die mit ihren Armen einen konisch geformten Korb umfing, in dem Schreibutensilien und Einwegskalpelle steckten wie in der Praxis der Tochter und im Büro ihres Verlobten.

"Vielen Dank, daß Sie uns Ihre kostbare Zeit opfern, aber es muß leider sein... vorgestern abend wurde im Hotel *Splendid* ein Mann ermordet, Ted Brighton... wie Sie wissen, rief er auch hier in der Klinik an..."

Alle sechs Augen der Familie Hauser waren in höflichem Desinteresse auf Nina gerichtet. Als keine Reaktion erfolgte, fuhr sie fort.

"Ted Brighton war Engländer, und wie wir heute erfahren haben, hatte er eine jüngere Schwester... Shirley... 1990 soll sie mit siebzehn als Au-pair-Mädchen zu Ihnen gekommen sein..."

Martha, Martin und Anna wechselten einen raschen Blick, und Martha richtete sich auf.

"Ja, wir hatten eine Shirley bei uns, sie ist 1992 spurlos verschwunden... eine große Tragödie... sind Sie sicher, daß sie mit dem Ermordeten verwandt war?"

"Absolut..."

Riemann rutschte in seinem Sessel nach vorne.

"Vielleicht verstehen Sie jetzt, warum wir so beharrlich nach Ted Brighton fragen... vielleicht wollte er etwas über das Schicksal seiner Schwester erfahren?"

Martha, Anna und Martin wechselten wieder Blicke, doch diesmal ergriff Martin gereizt das Wort.

"Verschwenden Sie damit nicht Ihre Zeit? Ein Mann wird ermordet, und in seinem Hotelzimmer findet man einen Ohrring meiner Schwester... *das* macht uns Sorgen..."

Anna beugte sich erregt vor und sah zu ihrem Bruder hinüber, doch bevor sie etwas sagen konnte, klingelten die Telefone der beiden Kriminalbeamten. Riemann hob abwehrend die Hand.

"Entschuldigung..."

Sie hielten ihre Telefone ans Ohr und lauschten angestrengt, ihre Gesichter nahmen einen bestürzten Ausdruck an. Beide standen fast gleichzeitig auf.

"Tut uns leid, es gibt einen neuen Fall... wir müssen sofort los..."

Die Tür schloß sich hinter ihnen, und Anna drehte sich auf ihrem Stuhl aufgebracht zu ihrer Mutter und ihrem Bruder um.

"Warum habt ihr mir nie von Shirley erzählt? Sie

hat doch fast zwei Jahre bei uns gelebt..."

"Ach Anna... du hast schon früh unter deinen Alpträumen gelitten, und ein Kindermädchen, das plötzlich spurlos verschwindet, ist keine Gute-Nacht-Geschichte..."

"Und? Wie war sie?"

Martin lehnte sich genüßlich zurück.

"Na ja, sie war ziemlich wild, sie entwickelte sich zu einem richtigen Punk..."

Martha wandte sich scharf an ihren Sohn.

"Was erzählst du denn da... du warst doch selber erst sechzehn... sie war lebhaft, das schon, und sie war viel unterwegs... aber sie war mir eine große Hilfe, als ich mit Anna schwanger war... und eines Tages war sie plötzlich weg..."

"Und von ihrer Familie hat seither niemand versucht, Kontakt mit uns aufzunehmen?"

"Nein, nicht daß ich wüßte..."

Es entstand eine kurze Stille, dann stand Martin abrupt auf.

"Wir können später weiterreden, ich habe noch zu tun..."

Eilig verließ er das Zimmer.

Anna faßte mit beiden Händen nach dem Arm ihrer Mutter.

"Sag, Mama... gibt es etwas, was ich wissen müßte... ich bin doch schließlich kein kleines Kind mehr..."

Martha fuhr ihrer Tochter zärtlich über die Haare.

"Aber nein, mein Schatz... sieh lieber zu, daß du endlich mit Alain klarkommst..."

Der schmale Durchgang neben dem Ristorante *Tramonto* zum Hinterhof, wo die Mülltonnen standen, war hermetisch abgeriegelt, als Nina und Riemann eintrafen, das Lokal selbst war geschlossen. Obschon nichts zu sehen war, hatten sich wegen der Polizeiautos, die überall herumstanden, bereits viele Schaulustige eingefunden, die vergeblich versuchten, sich an der Absperrung vorbeizudrängen. Einige hoben ihre Smartphones an Stativen hoch und blitzten blindlings in die enge Gasse.

Riemann und Nina nickten ihren Kollegen zu und hoben unter dem Gemurre der Gaffer, die glaubten, sie seien Zivilisten wie sie, die Plastikbänder hoch und verschwanden im Hintergrund. Mona Ryser kam ihnen entgegen und führte sie zu einer der Tonnen, vor welcher der Schankkellner Giovanni zusammengekrümmt in einer Blutlache lag. Um sie herum wurde der Tatort von Monas Team gewissenhaft nach Spuren abgesucht.

"Die gleiche Vorgehensweise wie bei Ted Brighton... Elektroschocker gegen die Brust, dann wurde ihm die Kehle durchgeschnitten..."

Riemann ging in die Hocke und sah in die aufgerissenen Augen des jungen Mannes, in denen sich noch jetzt das Entsetzen widerspiegelte.

"Das ist Giovanni, der Schankkellner... er hat die drei Personen gesehen, die das Münztelefon benützten, kurz bevor Brighton umgebracht wurde..."

Nina sah sich rasch um.

"Irgendwelche Zeugen?"

Mona schüttelte den Kopf.

"Der Padrone hat ihn gefunden... vor gut einer Stunde..."

Wie auf ein Stichwort erschien plötzlich der Padrone in der Hintertür und lief auf Riemann zu.

"Madonna! Wie kann nur passieren! Giovanni ist mein *nipote*! Seine Eltern mich umbringen..."

Riemann zog ihn zur Seite, weg vom Tatort, wo die Kollegen an der Arbeit waren.

"Bitte beruhigen Sie sich! Ist ja nicht Ihre Schuld..."

Nina trat hinzu.

"Wie ist es passiert?"

"Hat gearbeitet... ganz normal... wollte leere Flaschen wegbringen..."

"Hat ihn jemand angerufen?"

"Weiß nicht... plötzlich verschwunden... ich ihn suchen... hier gefunden..."

Riemann versuchte eine entschlossene Miene aufzusetzen und klopfte dem Padrone auf den Rücken.

"Keine Sorge, wir werden den Dreckskerl schon kriegen..."

Nina und Riemann wandten sich um und gingen zu ihrem Dienstwagen zurück. Nina blieb kurz neben Mona stehen.

"Sag uns Bescheid, falls ihr etwas gefunden habt... wer Giovanni umgebracht hat, hat auch Ted Brighton auf dem Gewissen... da bin ich mir sicher..."

Anna Hausers Therapieraum war wieder in künstliches, arbeitsmäßiges Dämmerlicht getaucht. Karl Teichmann lag mit geschlossenen Augen auf der Couch, Anna saß in einem Sessel neben ihm. Teichmann war an einem kritischen Punkt seines Traumas angelangt, sein Atem ging stockend, seine Stimme klang gepreßt.

"...ich liege da, meine Mutter wechselt die Windeln... und ... und... ich spüre deutlich, wie sie angeekelt ihre Finger spreizt..."

Anna atmete tief ein und aus, kaum in der Lage, diese bedrängenden Bilder auszuhalten, drückte den Kopf nach hinten an die Lehne, wie im Schmerz pendelte er hin und her.

Im Vorzimmer beobachtete Lisa, ihre Assistentin, die Sitzung über einen Monitor ohne Ton und nahm beunruhigt wahr, wie Teichmann mit geschlossenen Augen schwer atmend auf der Couch lag und Anna sich in ihrem Sessel wand.

Rasch stand Lisa auf, betrat lautlos den Therapieraum, beugte sich über Anna und faßte sie leicht an der Schulter.

"Ist alles in Ordnung?"

Anna reagierte sofort, doch ihre Augen waren unnatürlich geweitet, und sie schien ihre Assistentin nicht gleich zu erkennen.

"Ja... ja... gehen Sie... gehen Sie..."

Teichmann war inzwischen verstummt, und Lisa schlüpfte geräuschlos hinaus. Teichmanns Augenlider zuckten leicht, doch von dem kleinen Intermezzo hatte er nichts mitbekommen.

Anna erhob sich mühsam und beugte sich über ihn.

"Karl... ganz ruhig... bleiben Sie liegen.... Lisa führt sie nachher in den Ruheraum..."

Teichmann lächelte und nickte mit geschlossenen Augen.

Im Polizeipräsidium wartete Mona Ryser im Labor der Spurensicherung bereits ungeduldig auf Nina und Riemann und streckte ihnen einen Plastikbeutel mit einem blutbeschmierten Einweg-Skalpell entgegen.

"Hier... das haben wir in einer der Mülltonnen hinter dem *Tramonto* gefunden..."

Die beiden sahen sie ungläubig an, Riemann griff nach dem Beutel und hielt ihn sich dicht vor die Augen.

"Und? Ist das die Tatwaffe?"

"Ohne Zweifel... und der Clou vom ganzen - auf dem Plastikgriff befindet sich ein erstklassiger Daumenabdruck und ein Teil des Zeigefingers..."

Riemann schüttelte fassungslos den Kopf.

"Da begeht jemand am hellichten Tag einen Mord, um einen möglichen Augenzeugen zu beseitigen, und wirft die Mordwaffe gleich daneben in den Müll, mit seinem Absender drauf..."

Nina sah Mona forschend in die blitzenden Augen, sie hatte offenbar noch nicht alles verraten.

"Komm schon, ich sehe, da ist noch mehr..."

Mona platzte förmlich heraus mit dem Rest.

"...und wißt ihr, von wem die Abdrücke sind?"

Nina stöhnte auf.

"Ach, Mona, mach's nicht spannend..."

"...von eurer Psychiaterin, Anna Hauser..."

Riemann sah mit offenem Mund von Nina zu Mona.

"Das ist doch wohl ein schlechter Scherz..."

Mona nahm Riemann den Plastikbeutel wieder aus der Hand und wurde wieder ernst.

"Nein, Marco, so zynisch bin nicht mal ich..."

Lisa hantierte mit Patienten-Akten, als Nina und Riemann das Vorzimmer von Anna Hausers Praxis betraten. Der Monitor, nur für Lisa sichtbar, war eingeschaltet und zeigte Anna, wie sie reglos an ihrem Schreibtisch saß und auf ein Blatt Papier stierte, das sie mit beiden Händen festhielt. Nina nickte Lisa zu.

"Guten Tag... wir kennen uns ja schon... wir müßten dringend Frau Hauser sprechen..."

"Augenblick, bitte..."

Lisa sah in die ernsten Gesichter der beiden und drückte auf einen Knopf.

"Die beiden Beamten von der Kriminalpolizei möchten Sie sprechen, Frau Hauser..."

Anna zuckte zusammen und schob das Blatt Papier rasch unter die Schreibtischunterlage.

"Bitte lassen Sie sie eintreten..."

Lisa nickte in Richtung Therapieraum.

"Gleich die nächste Tür..."

Anna stand auf, als Nina und Riemann in der Tür erschienen. Sie schwankte ein wenig, als sie um den Schreibtisch herum kam, und ihre Augen waren gerötet.

"Entschuldigen Sie, ich hatte gerade einen schwierigen Patienten... bitte setzen Sie sich..."

Nina und Riemann setzten sich auf die Couch, auf der zuvor Teichmann gelegen hatte, Anna schob den Therapeuten-Sessel in die Mitte, sodaß sie mit beiden Blickkontakt hatte, und sah ihnen angespannt entgegen. Es entstand eine beklemmende Pause, dann gab sich Nina einen Ruck.

"Anna, wir haben leider schlechte Nachrichten... ein weiterer Mord ist geschehen, und auf der Tatwaffe, einem Einwegskalpell, befinden sich eindeutig Ihre Fingerabdrücke..."

Anna hatte offensichtlich alles mögliche erwartet, nur nicht eine solche Anschuldigung. Ihre Blicke irrten von einem zum andern, dann ließ sie ein verzweifelt-hysterisches Lachen hören.

"Ich soll... was?"

Riemann übernahm und sprach leise und schnell, als könnte er damit das Gesagte entschärfen.

"Das Opfer ist Giovanni, der Schankkellner aus dem *Tramonto*, er hat drei Personen gesehen, die vom Münzfernsprecher aus möglicherweise mit Ted Brighton telefonierten, darunter eine junge Frau..."

Anna starrte sie aus weitaufgerissenen Augen an.

"Und Sie glauben..."

"Wir glauben gar nichts... aber die Hinweise an den beiden Tatorten sind erdrückend... Ihr Ohrring in der Suite des *Splendid*-Hotels, Ihre Fingerabdrücke auf der Mordwaffe..."

Nina sprang ihrem Kollegen bei.

"Anna, wir müssen Sie aufs Präsidium mitnehmen, das werden Sie hoffentlich verstehen..."

Riemann beugte sich weit zu Anna hinüber.

"Sie können jemand anrufen, falls Sie Unterstützung brauchen..."

Anna schlug die Hände vors Gesicht und brach in Tränen aus.

"Hört denn dieser Alptraum niemals auf..."

In ihrem Büro hatten Nina und Riemann eine lockere Sitzordnung gewählt, damit Anna sich nicht allzusehr an den Pranger gestellt fühlte. Sie hatte sich wieder völlig in der Hand und saß aufrecht und gefaßt auf ihrem Stuhl. Riemann stellte ein Aufnahmegerät vor sie hin, Nina machte Notizen in einen Schreibblock. Beide wirkten ratlos in ihrer Geschäftigkeit. Schließlich wandte sich Nina an Anna.

"Sind Sie ganz sicher, daß Sie Ihren Bruder bei dem Gespräch dabei haben wollen und keinen Anwalt?"

"Ich habe nichts zu verbergen und keine Geheimnisse vor ihm..."

Riemann stand seufzend auf und öffnete die Bürotür.

"Bitte sehr..."

Im Vorzimmer schnellte Martin Hauser hoch, trat rasch über die der Schwelle und warf den Polizeibeamten scharfe Blicke zu. Riemann schaltete das Aufnahmegerät ein, und Hauser setzte sich neben seine Schwester.

"Was geht hier vor? Was haben Sie mit meiner Schwester gemacht?"

Nina hob beschwichtigend die Hand.

"Herr Dr. Hauser... wie Sie wissen, fanden wir in der Hotelsuite des ermordeten Ted Brighton einen Ohrring ihrer Schwester und ihre Fingerabdrücke auf dem Skalpell, mit dem Giovanni Croce ermordet wurde..."

"Und jetzt wollen Sie allen Ernstes behaupten, meine Schwester habe diese beiden Männer umgebracht?"

"Wir haben Anna erzählt, daß dieser Giovanni eine junge Frau beobachtet hatte, wie sie vom Münzfernsprecher aus telefonierte... von dort wurde Ted Brighton im *Splendid* angerufen..."

"Aber... das ergibt doch keinen Sinn!"

Nina und Riemann wechselten einen gequälten Blick, dann ergriff Anna plötzlich das Wort.

"Sie glauben, es liegt an der Substanz, mit der Roman Zondler und ich experimentieren... daß ich im Wahn gehandelt habe... doch weder vernebelt sie den Verstand, noch trübt sie die Wahrnehmung... im Gegenteil... sie soll die Versiegelung lösen, die ein auf den Synapsen abgelagertes Ereignis daran hindert, von der Erinnerung abgerufen zu werden..."

"Und was hat Brighton damit zu tun?"

"Er forschte in der gleichen Richtung... Roman spionierte ihn aus, er wollte wissen, wie weit er war, bevor er sich mit ihm traf..."

Riemann mischte sich wieder ein.

"Sollte Brighton weiter gewesen sein, hätte er möglicherweise das Patent allein angemeldet, und Ihre Schwester hätte bis zur Marktzulassung keinen Zugang mehr gehabt zum effizienteren Medikament..."

"Und warum sitzt Zondler nicht mit auf dem Stuhl?"

"Den haben wir bereits gründlich durchleuchtet..."

"Dann tun Sie's nochmal!"

Anna legte energisch ihre Hand auf den Arm ihres Bruders.

"Martin, bitte..."

Nina legte ihren Schreibblock beiseite und sah Anna und ihren Bruder mit einem um Verständnis heischenden Blick an.

"Glauben Sie mir, unsere Ermittlungen sind noch längst nicht abgeschlossen... trotzdem können wir Ihre Schwester nicht auf freiem Fuß lassen..."

Martin Hauser faßte beschützend nach der Hand seiner Schwester, die auf seinem Arm lag.

"Gut, das sehe ich ein... aber ersparen Sie meiner Schwester die Arrestzelle..."

Nina sah Riemann lange an und wandte sich dann an Hauser.

"Ich denke, wir können den Haftrichter davon überzeugen, daß sie in ein Krankenhaus gehört..."

"In unserer Klinik haben wir Quarantäne-Räume, Sie setzen einfach jemand von Ihren Leuten vor die Tür... und Sie bestimmen den Grad der Isolation..."

Martin Hauser sah seine Schwester an, die kraftlos nickte.

Riemann stoppte das Aufnahmegerät.

"Klingt vernünftig, aber das können wir leider nicht allein entscheiden..."

Sein Diensttelefon klingelte, er stand auf und entfernte sich ein paar Schritte.

"Kriminalhauptkommissar Riemann..."

Er lauschte konzentriert und antwortete rasch und leise.

"Bin gleich da..."

Riemann wandte sich an Anna und Martin Hauser.

"Tut mir leid, ich muß dringend weg..."

Im Hinausgehen faßte er Nina an der Schulter. Sie

sah ihn fragend an.

"Klär' du das mit unserem Chef... ich rufe dich nachher an..."

Alain Rickenbach saß mit einem Veilchen am linken Auge im Büro von Kosminski, des Managers vom *Splendid* Hotel, als Evren, der Zimmerkellner, der mit verschränkten Armen sehr aufrecht neben der Tür stand und ihn beobachtete wie ein seltenes Insekt, Riemann die Tür öffnete. Riemann verschaffte sich rasch einen Überblick und wandte sich zuerst an Kosminski.

"Vielen Dank, daß Sie ihn festgehalten haben...."

Er nickte Evren zu.

"Gute Arbeit, Kollege, von uns wird leider mehr Zurückhaltung erwartet..."

Schließlich wandte er sich an beide.

"Bitte lassen mich einen Augenblick mit ihm allein... es dauert nicht lange..."

Die beiden Hotelangestellten verließen das Büro mit einem hochzufriedenen Ausdruck im Gesicht.

Riemann lehnte sich an den Schreibtisch und sah Rickenbach scharf an, der mit einem nassen Taschentuch die Schwellung am Auge einzudämmen versuchte.

"Was um Himmels willen haben Sie sich eigentlich dabei gedacht, in der Suite herumzuschnüffeln, in der Ted Brighton umgebracht wurde?"

Rickenbach wußte nicht, ob er sich reumütig geben oder explodieren sollte. Am Ende wurde es etwas dazwischen.

"Ich gebe zu, es war etwas planlos, aber ich wollte Anna helfen..."

"Indem Sie eigene Spuren verwischten oder nachträglich noch ein Schmuckstück am Tatort platzierten?"

"Hören Sie! Das ist doch Irrsinn! Ich liebe Anna, wir wollen heiraten!"

"Es wäre nicht die erste große Liebe, die in Haß umschlägt... Ihre ewige Verlobungszeit... das quälende Hinhalten... die Psychospiele... die ganze Anmaßung der Hauser-Familie..."

Rickenbach starrt Riemann sprachlos an.

"Sehen Sie jetzt, was Sie angerichtet haben? Kommen Sie, wir gehen aufs Polizeipräsidium und überprüfen Ihre Alibis..."

Die Quarantäne-Räume befanden sich im alten Trakt der *Privatklinik Dr. Hauser.* Es waren vier abgeschlossene Zimmer im obersten Stockwerk mit vergitterten Fenstern, die man öffnen konnte, in jedes hatte man nachträglich Bad und Toilette und sogar einen Fernseher eingebaut. Die vier Zimmer waren früher durch Schiebetüren untereinander verbunden gewesen, doch die Türgriffe hatte man abmontiert.

Es war ein trauriger kleiner Zug, der durch den Flur auf eines der Zimmer zu ging. Martin Hauser vorneweg, ernst, aber voller Energie, hinter ihm seine Schwester Anna, einen Koffer mit dem Nötigsten in der Hand, Nina, die aussah, als würde sie eine Verurteilte zur Richtstätte geleiten, und ganz hinten eine Polizeibeamtin in Uniform, die so tat, als hätte sie mit allem nichts zu tun.

Bevor Martin Hauser das Zimmer aufschloß, wandte er sich an die Polizistin und deutete auf die harte Sitzbank, die vor allen Zimmern verlief.

"Machen Sie sich keine Gedanken, wir stellen Ihnen eine komfortablere Sitzgelegenheit hin..."

Hauser öffnete die Tür zum Zimmer, das karg eingerichtet, aber sehr geräumig war.

"Das ist die *Royal Suite*... Sie werden lachen, aber im Notfall bringen wir hier sogar Gäste unter..."

Anna warf ihren Koffer auf das Bett und sah sich ratlos um. Hauser drückte ihr einen Kuß auf die Stirn und überreichte Nina den Schlüssel.

"Ihre Gefangene... behandeln Sie sie gut..."

Hauser deutete mit der Hand einen Abschiedsgruß an und war schon aus dem Zimmer.

Seufzend wandte sich Nina an Anna.

"Anna, Sie wissen, daß mein Kollege und ich große Zweifel haben an Ihrer Täterschaft, doch bis unsere Ermittlungen abgeschlossen sind, müssen Sie leider hier bleiben..."

Anna trat einen Schritt näher und faßte Nina heftig an beiden Armen.

"Nina, hören Sie! Diese Morde haben beide mit Shirley zu tun, unserem früheren Au-pair-Mädchen, das spurlos verschwand... da bin ich ganz sicher..."

"Wie kommen Sie darauf?"

"Mein Alptraum! Wenn ich nur endlich die Gesichter sehen würde zu den Schatten..."

Anna verlor vorübergehend die Fassung, ein kurzer Heulkrampf packte sie, dann waren ihre Augen wieder klar. Sie nestelte an ihrer Jacke und zog das Foto von Shirley hervor.

"Hier... das ist Shirley... dieses Foto habe ich auf unserem Speicher am Boden gefunden, am Tag unseres *50-Jahre-Jubiläums*..."

"Am Tag, als Ted Brighton ermordet wurde..."

"Behalten Sie das Foto..."

"Gut... Sie dürfen ja nur fernsehen... kein Handy, kein Computer... falls es etwas gibt, drücken Sie den Knopf für das Signallicht draußen... unsere Kollegen, die Sie Tag und Nacht bewachen, werden uns sofort verständigen..."

Annas Augen leuchteten plötzlich auf, und sie umarmte Nina mit aller Kraft.

"Bitte helfen Sie mir!"

In ihrem Büro im Polizeipräsidium saß Riemann konzentriert am Computer, als Nina eintrat und sich erschöpft neben ihm auf einen Stuhl fallen ließ.

"Anna wirkt erstaunlich gefaßt, wenn man bedenkt, daß man ihr zwei Morde zur Last legt... hast du Zondler und Rickenbach nochmal überprüft?"

Riemann drehte sich müde zu Nina um.

"Rickenbach war so verrückt, in Ted Brightons Suite im *Splendid* herumzuschnüffeln... doch beide haben jeweils für mindestens einen Mord ein Alibi... möglicherweise unterschätzt Anna doch die Wirkung der Substanz, die sie unkontrolliert schluckt..."

"Sie ist davon besessen, daß ihr Alptraum der Schlüssel für die Lösung ist... hier, dieses Foto von Shirley, dem spurlos verschwundenen Au-pair-Mädchen, hat sie mir mitgegeben..."

"Dann paßt das ja perfekt..."

Riemann wandte sich wieder dem Computer zu und öffnete einen Ordner.

"Das hat *Scroller* für uns recherchiert... ein zahnärztlicher Befund von Shirley... wurde damals vorsorglich zu den Akten genommen, falls man mal auf eine nicht identifizierbare Leiche stieß..."

"Und der Zahnarzt ist vor zwei Jahren verstorben..."

"Falsch... Dr. Waldmann lebt noch, und das Irre ist, er hat seine sämtlichen Unterlagen aufgehoben, weil er an einem großen Werk über die Entwicklung der Karies seit dem Zweiten Weltkrieg schreibt..."

Nina starrte Riemann ungläubig an, ihre Müdigkeit war wie verflogen.

"Das ist doch schon mal ein Anfang..."

Dr. Waldmann war Witwer, ein hagerer, lebhafter Herr um Mitte siebzig, der es genoß, plötzlich im Mittelpunkt des Interesses zu stehen. Seine Wohnung war vollgestellt mit Aktenschränken, die nur schmale Durchgänge offen ließen. Geschickt schlängelte er sich vor Nina und Riemann zu seinem Schreibtisch durch.

"...was glauben Sie, wie begierig die im Gesundheitsministerium auf meine Studie warten! Da wird den Lobbyisten der Pharmaindustrie das Lachen vergehen, das garantiere ich Ihnen!"

Dr. Waldmann war an seinem Schreibtisch angelangt, wo er sich die Patientenkarte von Shirley bereits zurechtgelegt hatte.

"Ah, da ist es ja... bitte nehmen Sie doch Platz..."

Nina und Riemann sahen sich um und griffen dann nach zwei Klappstühlen, die an der Wand lehnten. Dr. Waldmann sah auf, und seine Augen blitzten, er fühlte sich ganz in seinem Element.

"Wissen Sie, wenn ich so ein Behandlungsblatt vor mir habe, dann ist es, als stehe der Patient leibhaftig vor mir... Shirley Brighton... ja... eine lebhafte kleine Engländerin... eitriger Weisheitszahn..."

In Erinnerung an ähnliche Erlebnisse verzog Nina das Gesicht.

"Gab es ein Problem?"

"Ich hätte ihr eigentlich keine Spritze geben dürfen..."

"Warum denn das?"

Dr. Waldmann feixte ein bißchen, er machte es gerne spannend.

"Na ja, jetzt darf ich es wohl sagen... sie war schwanger... und das mit siebzehn..."

Riemann starrte Dr. Waldmann an.

"Kein Zweifel möglich?"

"Nein, ich denke nicht..."

Wieder feixte Dr. Waldmann.

"Ich hielt sie zuerst für etwas pummelig... doch selbst als Zahnarzt konnte ich erkennen, daß sich ihr Bauch für diese Annahme an der falschen Stelle wölbte..."

"Haben Sie ihr den Zahn ohne Betäubung gezogen?"

"Natürlich nicht... ich mußte nur etwas vorsichtig dosieren..."

"Und wer bezahlte die Rechnung?"

Dr. Waldmann beugte sich über die Karteikarte.

"Eine Frau Rosa Kalmbach, Friedenstraße 9... die

se Adresse hat Shirley auch als Wohnsitz angegeben..."

Riemann und Nina sahen sich überrascht an.

"Könnten Sie uns dieses Blatt kopieren?"

"Selbstverständlich..."

"Vielen Dank, Sie waren uns wirklich eine große Hilfe..."

Draußen auf der Straße, als Nina im Begriff war, in den Dienstwagen zu steigen, klingelte ihr privates Handy. Riemann sah, wie sich ihr Gesicht plötzlich umwölkte und dann ausdruckslos wurde.

"Dein Vater?"

"Ja, ich muß sofort ins Krankenhaus.."

"Ich fahr' dich hin, danach überprüfe ich die Adresse..."

An der Rezeption hatte man Nina eine neue Zimmernummer genannt, ihr Vater war wohl nicht mehr auf der Intensivstation. Auf dem Flur im Wartebereich lief ihr die Mutter in Tränen aufgelöst entgegen und klammerte sich an sie.

"Mein Gott, Nina... er ist tot, ganz plötzlich gestorben... auf einmal war er nicht mehr da..."

Nina wagte kaum zu atmen und sah aus den Augenwinkeln, daß auch ihr Bruder Roland gekommen war. Vorgebeugt und ratlos, was er tun sollte, saß er unglücklich auf seinem Stuhl. Nina löste sich sanft von ihrer Mutter, legte einen Arm um sie und ging mit ihr auf das Zimmer zu, in das man ihren Vater gebracht hatte.

"Laß mich einen Augenblick mit ihm allein..."

Nina nickte ihrem Bruder zu und öffnete sachte die Tür.

Der Raum, in dem ihr Vater bis zum Kinn zugedeckt auf einer Bahre lag, war eine Art bessere Abstellkammer, man hatte nicht lange gefackelt, den Platz auf der Intensivstation freizumachen. Nina trat nahe an die Bahre heran und betrachtete das Gesicht ihres Vaters, das zwar durch den Alkohol und die Medikamente etwas aufgedunsen war, aber im Ausdruck vollkommen entspannt, es lag sogar so etwas wie der Hauch eines schelmischen Lächelns über ihm. Nina fühlte sich an ihre Kindheit erinnert, als er mit ihr spielte, hilflos zwar und ungelenk seiner Tochter gegenüber, die ein kleiner Wildfang war, aber mit der Güte und Geduld eines Menschen, auf den man sich immer verlassen konnte. Tränen stürzten ihr aus den Augen, die rasch versiegten und einem Gefühl von Stärke und Frieden wichen, wie sie es noch nie zuvor empfunden hatte. Sie beugte sich zu ihrem Vater nieder und küßte ihn leicht auf die Stirn.

Draußen auf dem Flur schoben sie die Stühle nahe zueinander und faßten sich stumm an den Händen. Auf wundersame Weise schienen Mutter und Bruder

Ninas Kraft zu spüren, in diesem Augenblick dachten sie nicht daran, einen Verlust erlitten zu haben, sondern an die schönen gemeinsamen Momente, die sie für eine Weile wärmen würden. Ein leises Scharren unterbrach die Stille, Mara, Rolands Freundin, die Nina bislang gar nicht wahrgenommen hatte, drängte sich mit ihrem Stuhl behutsam zwischen Bruder und Schwester.

4

Riemann und Nina schritten entschlossen auf die *Privatklinik Dr. Hauser* zu, Riemann warf immer wieder forschende Blicke auf seine Kollegin. Vor dem Eingang blieben sie stehen.

"Du mußt dich nicht zwingen, falls dir nicht danach ist... jeder würde das verstehen..."

Nina hatte ihre Haare heute nicht zu einem Pferdeschwanz gebunden, was ihrem Gesicht zusätzlich zu ihrer beherzten Gestimmtheit einen Ausdruck dunkler, kühner Leidenschaftlichkeit verlieh.

"Ich habe gottseidank meinen Frieden mit meinem Vater gemacht... ich fühle mich wie neu geboren..."

Sie stieß die Eingangstür auf, hielt sie für Riemann auf und sah ihm kämpferisch in die Augen. Riemann lächelte und hob den Daumen.

"Alles klar, dann auf ins Gefecht..."

In der Eingangshalle hielten sie ihre Ausweise hoch, nickten Frau Berger am Empfang zu und deuteten nach oben. Frau Berger machte ein Zeichen, daß sie verstanden hatte, und griff zum Hörer.

Martha Hauser saß diesmal allein an ihrem monumentalen Schreibtisch und sah auf, als Nina und Riemann ihr Büro betraten.

"Frau Brandner und Herr Riemann, habe ich

recht? Nehmen Sie Platz..."

Sie setzten sich auf die Besucherstühle und rückten sich so zurecht, daß nichts ihren Blick auf die Direktorin verstellte.

"Wie geht es meiner Tochter?"

Nina wollte antworten, doch Riemann kam ihr zuvor.

"Anna hat die Nacht gut überstanden... sie ist zuversichtlich, daß sich der Fall bald klärt..."

"Sie zweifeln an ihrer Schuld?"

"Sonst wären wir nicht hier..."

"Möchten Sie, daß ich meinen Sohn dazu hole?"

"Nein... wir wollten Sie allein sprechen..."

"Das hört sich an, als handle es sich um etwas Ernstes..."

"So ist es..."

Riemann spürte Ninas drängende Energie an und überließ ihr das Reden.

"Frau Dr. Hauser, wir haben gestern nach Shirley geforscht und etwas Erstaunliches herausgefunden... warum haben Sie uns verschwiegen, daß sie schwanger war?"

Martha wirkte plötzlich wie versteinert.

"Wer hat Ihnen das erzählt?"

Nina und Riemann schauten Martha Hauser nur

stumm an. Sie rang mit sich und gab schließlich nach.

"Ja, es stimmt... Shirley hat uns eines Tages mit dieser Neuigkeit überrascht... sie wollte keine Abtreibung und wir keinen Skandal... deshalb brachten wir sie bei meiner Schwester Rosa unter, bis es soweit war..."

"Frau Kalmbach war Ihre Schwester?"

"Ja, sie blieb unverheiratet und starb vor ein paar Jahren..."

"Und wo ist Shirleys Kind jetzt?"

"Es ist tot auf die Welt gekommen... es war entsetzlich... stranguliert mit der eigenen Nabelschnur... und ein paar Tage später habe ich Anna zur Welt gebracht..."

Riemann machte sich bemerkbar.

"Hat Shirley den Vater ihres Kindes nicht erwähnt?"

"Nein, der hat wohl keine große Rolle gespielt..."

Martha Hausers Stimme war ganz leise geworden, sie spielte den sterbenden Schwan und sah ihre Besucher nicht an. Nina rückte mit ihrem Stuhl näher an den Schreibtisch heran.

"Frau Dr. Hauser... kann es nicht sein, daß es genau andersherum war?"

Martha Hausers schwarze Augen funkelten jäh wie bei einem angriffslustigen Tier.

"Wie meinen Sie das?"

"Daß Shirley ein gesundes Kind zur Welt brachte und Ihr Baby bei der Geburt starb?"

Nina zog das Foto von Shirley hervor, das ihr Anna in die Hand gedrückt hatte, und schob es Martha Hauser über den Schreibtisch zu. Das Foto war zwar abgegriffen und die Farben verblichen, dennoch war unzweideutig, daß Shirley rötliche Haare hatte und blaue Augen und damit Anna verblüffend ähnlich sah.

Martha Hauser starrte auf das Foto, als sei es verhext, dann stieß sie es heftig von sich und schlug die Hände vors Gesicht. Ein paar trockene Schluchzer ließen ihre Schultern zucken, dann hatte sie sich wieder in der Gewalt.

"Ja, Sie haben recht... kurz bevor Shirley niederkam, verlor ich mein Kind... eine Arztfrau und Ärztin, die ihr Kind verliert, und ein siebzehnjähriges Au-pair-Mädchen, das schwanger ist! Es war eine Tragödie... mein Mann machte den Vorschlag, Shirleys Kind, Anna, als das unsere auszugeben und meine Fehlgeburt zu vertuschen..."

"Und wie reagierte Shirley?"

"Sie werden es nicht glauben, aber Shirley war mit dieser Lösung vollkommen zufrieden..."

Riemann mischte sich ein.

"Hat nicht Geld vielleicht auch eine Rolle gespielt?"

Martha Hauser blitzte Riemann wütend an.

"Werden Sie nicht unverschämt..."

Nina sah kurz zu Riemann und runzelte die Stirn, dann wandte sie sich wieder an Martha Hauser.

"Wir sind nicht gekommen, um alte Wunden aufzureißen, sondern um zwei Morde aufzuklären... Ted Brighton wußte vielleicht etwas über den Kindertausch und das Verschwinden seiner Schwester..."

Riemann ergänzte mit Nachdruck.

"Und damit sind wir wieder beim Alptraum Ihrer Tochter..."

"Sie glauben, diesen Todeskampf gab es wirklich? Zwei schattenhafte Wesen ohne Gesicht?"

Nina beugte sich vor, ihre Augen brannten.

"Ihre Tochter hat gestern nacht zum ersten Mal ein Gesicht gesehen... und zwar das von Shirley, ihrer leiblichen Mutter..."

Riemann sah konsterniert zu Nina hinüber, die seinen Blick ignorierte. Martha Hauser richtete sich in ihrem Sessel auf.

"Wollen Sie damit andeuten, der männliche Schatten war mein Mann?"

"Es würde das spurlose Verschwinden von Shirley erklären, der Ruf der Familie Hauser, der Ihnen ja so viel bedeutet, stand auf dem Spiel... und die Tatsache, daß man Shirleys Tochter im Mordfall Brighton zum Sündenbock macht... denn Anna ist ja keine Hauser..."

Martha Hausers Gesicht verzerrte sich zu einem bösen Lächeln.

"Dann haben Sie gewiß schon mein Alibi überprüft..."

"Selbstverständlich... doch es gibt ja noch die Ihnen völlig ergebene Mitarbeiterin Bettina Berger..."

Martha Hauser hatte zu ihrem vollkommen undurchdringlichen Ausdruck zurückgefunden, mit unterdrücktem Zorn stand sie langsam auf.

"Es reicht jetzt... Bitte verlassen Sie mein Büro..."

Im Dienstwagen holte Riemann erstmal tief Luft und starrte Nina ungläubig an, die sich ans Steuer gesetzt hatte und und energisch losfuhr.

"Du meine Güte... du hast mich total überrumpelt..."

"Tut mir leid... es war ein spontaner Einfall... falls Annas Alptraum Wirklichkeit ist und keine Wahnvorstellung, gibt es nur eine Erklärung..."

Riemann sah unsicher zu Nina hinüber und versuchte ihren Gedankengang zu vervollständigen.

"Sie hat tatsächlich Shirley gesehen und vermutlich ihren Vater, die miteinander kämpften..."

"...mit tödlichem Ausgang für Shirley..."

"Und hier kommt Martin Hauser ins Spiel..."

Nina lächelte Riemann verschmitzt an.

"Gut kombiniert... er eifert in allem seinem Vater nach und würde nie etwas auf ihn kommen lassen..."

"...und wenn er von seiner Mutter erfährt, daß Anna in ihrem Alptraum Shirleys Gesicht gesehen hat, muß er befürchten, daß sie auch das Gesicht seines Vaters sehen wird..."

"...dann hätte er seiner Schwester die Schuld an den Morden an Ted Brighton und Giovanni Croce umsonst in die Schuhe geschoben..."

Riemann sah Nina nachdenklich an.

"Warum sind wir nicht eher auf ihn gestoßen?"

"Der Kindertausch hat alles verändert... außerdem hat er sich rührend um seine Schwester gekümmert..."

"Was ist mit Bettina Berger?"

"Habe ich nur zur Ablenkung erwähnt..."

"Aber falls unser Annahme stimmt, ist Anna in Gefahr..."

"Deswegen fahren wir jetzt zu ihr, erzählen ihr alles und verstecken eine Kamera in ihrem Zimmer... ihr Bruder hat sie nicht ohne Hintergedanken in die eigene Klinik gelotst..."

"Und wenn er nicht anbeißt?"

"Dann hat Anna Hauser ein Problem..."

Martin Hauser setzte sich in einen Sessel neben seine Mutter, die in einer Ecke des riesigen Wohnzimmers in einem bequemen Fauteuil angespannt vor dem kleinen Fernseher kauerte, den sie so gut wie nie einschaltete. Er war auf den Nachrichtenkanal eines Privatsenders eingestellt, und der Nachrichtensprecher ließ sich gerade mit falschem, vertraulichem Tremolo, das Entsetzen und Erschütterung ausdrücken sollte, auf die beiden Morde an Ted Brighton und Giovanni, dem Schankkellner, ein. Neben ihm war ein Foto von Anna Hauser eingeblendet, das nur sehr rudimentär mit einem schwarzen Balken anonymisiert wurde. *"...und es wird vermutet, daß die Psychiaterin Anna H. die beiden Morde, die an Bestialität kaum zu überbieten sind, im Drogenrausch beging, auch wenn über das Motiv noch gerätselt wird..."*

Martha Hauser drückte heftig die Off-Taste der Fernbedienung.

"Einfach widerlich, was die daraus machen..."

Ihr Sohn Martin machte ein feierliches Gesicht.

"Ich fürchte, wir müssen uns damit abfinden, daß Anna es war... was haben wir denn schon für eine Ahnung, was wirklich in ihr vorgeht? "

Die Mutter rührte sich nicht, sie starrte immer noch geradeaus auf den Bildschirm.

"Heute waren die beiden Polizisten wieder da..."

"Die von der Kripo? Sieht so aus, als hätten sie einen Narren an Anna gefressen..."

"Sie sagten, Anna habe letzte Nacht ein Gesicht in ihrem Alptraum gesehen..."

Martin Hauser drehte langsam den Kopf zu seiner Mutter herum.

"Ein Gesicht? Was für ein Gesicht?"

"Das von Shirley..."

Martin Hauser schien sich wieder zu entspannen.

"Und wenn schon... wir sind die Hausers... wer glaubt einer Irren, die mit Psychodrogen experimentiert... es ist doch nicht unsere Schuld, daß Shirley spurlos verschwand..."

Mutter und Sohn wechselten einen langen Blick, dann stand Martin Hauser auf und küßte seine Mutter leicht auf die Stirn.

"Gute Nacht, Mama, ich schreibe noch ein bißchen an meinem Buch..."

In den Flur vor den Quarantäne-Räumen in der *Privatklinik Dr. Hauser* hatte man einen kleinen runden Tisch und zwei Stühle gestellt. Auf einem davon saß eine junge Polizeibeamtin in Uniform, über ein Headset mit Nina und Riemann verbunden, die es sich im Dienstwagen vor der *Privatklinik Dr. Hauser* bequem gemacht hatten. Auf den Bordcomputer war die Kamera des Zimmers geschaltet, in dem man Anna Hauser arretiert hatte. Der Raum wurde nur schwach von einem Nachtlicht erhellt, Anna lag im Bett und schien zu schlafen, jedenfalls waren ihre

Augen geschlossen, und sie bewegte sich nicht. Riemann und Nina warfen sich Blicke zu, das Warten zehrte an den Nerven.

Die Polizeibeamtin rückte ihr Headset zurecht und sprach leise ins Mikro.

"Hallo? Hören Sie mich? Hier oben im Flur ist alles ruhig..."

Nina beugte sich über das Display.

"Verstanden... im Zimmer rührt sich ebenfalls nichts... bleiben Sie dran, Sie werden bald abgelöst..."

"Verstanden, Ende..."

Die Polizeibeamtin lehnte sich zurück und sah mißmutig in den Nachthimmel hinaus, während ums Eck, am Ende des Korridors, an dem zwei weitere Quarantäne-Räume lagen, für sie uneinsehbar, eine Gestalt auftauchte und die Glastür geräuschlos aufdrückte. Es war Martin Hauser, ganz in Weiß, der Arztkittel flatterte, als er auf einen der Quarantäne-Räume zueilte und mit einem alten Eisenschlüssel aufschloß. Innen angekommen hastete er zur Verbindungstür, die er mit einem einfachen Vierkantschlüssel öffnete. Vorsichtig bewegte er sich zur nächsten Verbindungstür, sammelte sich, öffnete auch diese mit dem Vierkantschlüssel und stand im Zimmer, in dem seine Schwester festgehalten wurde.

Nina und Riemann schossen hoch, als sie Martin Hauser in Annas Zimmer eindringen sahen, und mußten sich zurückhalten, nicht mit gezogener Waffe loszurennen.

"Achtung! Zielperson im Zimmer!"

"Verstanden... warte auf Anweisungen..."

"Erst eingreifen, wenn wir es sagen!"

"Verstanden..."

Martin Hauser schlich leise zu Anna hinüber und beugte sich über sie. Anna schlug unvermittelt die Augen auf, als ahnte sie Martins Gegenwart, und fuhr mit einem Aufschrei hoch.

"Martin! Was machst du hier?"

Martin setzte sich zu Anna auf die Bettkante und redete zu ihr wie zu einem kleinen Kind.

"Anna, warum machst du uns solchen Ärger... du warst doch noch ein Säugling, wie kannst du also wissen, was damals geschah..."

Anna versuchte sich aufzurichten und von ihrem Bruder wegzukommen, doch Martin hielt sie mit eisernem Griff am Handgelenk fest.

"Martin, bitte, du tust mir weh..."

Riemann und Nina hingen wie gebannt an ihrem Bildschirm.

"Aber es stimmt... du hast Shirley gesehen in deinem Alptraum, und irgendwann wirst du auch mich sehen..."

Nina und Riemann starrten sich verständnislos an.

"Ja, *ich* habe Shirley umgebracht, aber es war ein

Unfall... sie hat mit allen rumgemacht, nur mich ließ sie nicht ran..."

Anna machte wieder einen vergeblichen Versuch, sich von Martin zu befreien.

"Martin... warum erzählst du mir das alles?"

Martin Hauser war jetzt wie in Trance und achtete nicht auf seine Schwester.

Riemann und Nina waren jetzt auf dem Sprung.

"Bereitmachen zum Eingreifen... entsichern Sie Ihre Waffe..."

"Verstanden..."

Die Polizeibeamtin stand auf und tat wie geheißen, während Nina und Riemann unter kaum erträglicher Anspannung weiter dem Monolog von Martin Hauser lauschten.

"Ich habe Papa geholfen, die Leiche im Keller zu vergraben... und jetzt willst du nach all den Jahren deinem dummen Traum auf den Grund gehen und alles verderben..."

"Martin, bitte, sag daß das nicht wahr ist... sag, daß ich träume und bald aufwachen werde..."

"Nein, Anna, das ist die Wirklichkeit... und wenn sich morgen früh diese Tür öffnet, wird man dich erhängt am Fensterkreuz finden... dein Schuldeingeständnis für die beiden Morde..."

Martin Hauser hatte plötzlich eine Spritze in der Hand, stach sie Anna in den Arm und zog einen

Schal aus der Tasche seines Kittels, dessen Enden er sich um die Hände wickelte. Anna war zu schwach, um sich zu wehren.

"Zugriff! Sofort!"

Nina und Riemann schrien gleichzeitig in ihre Mikros und stürzten aus ihrem Dienstwagen auf den Eingang der Klinik zu.

"Verstanden!"

Die Polizeibeamtin stürmte ins Zimmer, ging um das Bett herum und stellte sich so hin, daß sie Martin Hauser vor sich hatte.

"Hände über den Kopf und langsam aufstehen!"

Martin Hauser schien wie im Tunnel. Er folgte zwar ihren Anweisungen, stierte sie aber nur angewidert an.

"Glaubst du, du kannst einem Hauser Befehle erteilen?"

"Stellen Sie sich an die Wand, Beine auseinander..."

Martin kam in Zeitlupe ihrer Aufforderung nach, bei ihm sah es aus wie ein Spiel.

"Das geilt dich wohl auf, du Schlampe..."

Die junge Polizistin näherte sich ihm vorsichtig, war aber nicht darauf gefaßt, daß er sich plötzlich umdrehte und ihr die Waffe aus der Hand schlug. Wie ein Blitz war er aus dem Zimmer.

"Verdammt, er ist mir entwischt, er rennt zum Haupteingang..."

"Verstanden... sind schon unterwegs..."

Sie hob ihre Waffe auf und setzte ihm nach, von ohnmächtigen Blicken Annas gefolgt, die offensichtlich stark sediert war. Doch Martin Hauser kam nicht weit. Die Glastür zum Haupttrakt flog auf, und Nina und Riemann stellten sich ihm mit gezogenen Waffen entgegen.

"Stop! Bleiben Sie stehen! Hände über den Kopf!"

Diesmal gab er auf, und die junge Beamtin legte ihm Handschellen an. Riemann steckte seine Waffe ein.

"Sie sind verhaftet wegen Verdachts auf zweifachen Mord und wegen Mordversuchs..."

Martin Hausers Arroganz war mittlerweile die Luft ausgegangen, es reichte nur noch zu einer schwächlichen Provokation.

"Wir werden ja sehen, wie weit Sie damit kommen..."

Die Streifenbesatzung, die inzwischen eingetroffen war, nahm den Gefesselten in Empfang. Die junge Uniformierte wollte sich ihnen anschließen, doch Riemann hielt sie am Arm zurück.

"Gut gemacht, Kollegin..."

Die junge Frau sah verlegen zu Boden.

"Ach was, das hätte mir nie passieren dürfen..."

Nina trat zu den beiden.

"Besser als eine unkontrollierte Schießerei..."

Die Polizeibeamtin lächelte verhalten und eilte ihren Kollegen nach.

Riemann und Nina machten sich zum Zimmer auf, in dem Anna hilflos im Bett lag. Auch wenn sie sich kaum rühren konnte, flammte in ihren Augen unendliche Dankbarkeit auf, als die beiden an ihr Bett traten. Nina streichelte Anna leicht übers Haar.

"Der Alptraum ist zuende... wir schicken jemand, der sich um Sie kümmert..."

Auch Riemann beugte sich über sie.

"Tut mir leid, die Spritze konnten wir nicht verhindern... Sie waren sehr tapfer..."

Anna lächelte und nickte, es schien, als sei sie zu neuem Leben erwacht.

Der Herbst war bereits weit fortgeschritten, der Winter sandte seine ersten Vorboten. Übergangslos war der graue, dunstige Tag in lichtlose Dämmerung versunken, als Nina und Riemann mit ihrem Dienstfahrzeug vor dem Tor zur Villa Hauser hielten. Nina wählte eine gespeicherte Nummer und mußt lange warten, bis sich jemand meldete.

"Ja? Wer ist da?"

"Nina Brandner und Marco Riemann... Frau Dr. Hauser erwartet uns..."

Es raschelte im Hörer, dann schwangen die beiden Flügel des schmiedeeisernen Tores in Zeitlupe und geräuschlos nach innen auf. Riemann fuhr den Kiesweg hoch und parkte seitlich vor dem Haupteingang. Die Pforte im Portal öffnete sich, und ein junges Hausmädchen ließ die beiden Kriminalbeamten mit einem aufgesetzten, koketten Lächeln wortlos passieren.

Martha Hauser erwartete ihre Besucher in der Sitzecke des Wohnzimmers in einem großen Sessel, sie sah irgendwie geschrumpft aus und und nahm eine abweisende Haltung ein. Mit einer stummen Geste wies sie Riemann und Nina einen Platz auf der Couch zu.

"Kann ich Ihnen etwas anbieten?"

Die beiden setzten sich, Nina hielt eine Tasche mit Unterlagen auf ihren Knien fest.

"Nein, danke, wir bleiben nicht lange..."

Martha Hauser nahm einen Schluck aus der Teetasse, die vor ihr auf einem Glastisch stand, und lehnte sich wieder zurück, ihre Hände krampften sich um die Sessellehnen.

"Frau Dr. Hauser, es gibt keinen Zweifel, daß Ihr Sohn Martin die Morde an Ted Brighton und dem Schankkellner Giovanni Croce begangen hat... wir haben bei ihm Brightons Computer, das Smartphone und den Elektroschocker gefunden, mit dem er die beiden kampfunfähig gemacht hatte..."

"Das verstehe ich nicht..."

"Annas Alptraum war Wirklichkeit... sie erlebte tatsächlich, wie ihre Mutter Shirley von einem Mann ermordet wurde... Ihr Sohn wußte das und fürchtete, daß auch Shirleys Bruder dahintergekommen war... "

Zum ersten Mal kam wieder Leben in die kleine, zähe Frau.

"Behaupten Sie schon wieder, daß mein Mann Anton der heimtückische Mörder war?"

Nina und Riemann wechselten einen Blick, und Riemann fuhr ruhig weiter.

"Das dachten wir zuerst, doch es war Martin... er hat Shirley sexuell bedrängt, und sie wehrte sich... es war ein Unfall..."

Martha Hauser hob langsam den Kopf.

"Woher wissen Sie das?"

"Er hat es gestanden... und wir fanden Shirleys Gebeine in einem Verschlag im zweiten Untergeschoß des Kellers, dort, wo der Boden nur festgestampfte Erde ist... ihr Genick war gebrochen... bei dem Kampf muß sie auf eine Tischkante oder eine Kommode gestürzt sein..."

Martha Hauser beugte sich mit erloschenen Augen vor.

"Aber warum hat Martin seiner Schwester die Schuld in die Schuhe geschoben?"

"Er wollte Anna aus dem Verkehr ziehen... die Gefahr war zu groß, daß ihr eines Tages die Gesichter der kämpfenden Schatten erscheinen würden..."

Martha sank wie versteinert in ihren Sessel zurück.

"Und ich habe ihm noch erzählt, daß Anna Shirleys Gesicht gesehen hat..."

"Das hat die Sache nur beschleunigt... wahrscheinlich hatte er von Anfang an vor, seine Schwester umzubringen und es wie einen Selbstmord aussehen zu lassen..."

"Was für ein teuflischer Plan..."

Martha Hauser faltete die Hände in ihrem Schoß und sah still vor sich hin. Nina wühlte in ihrer Tasche und zog ein vergilbtes kleines Notizheft heraus, auf dessen Deckel in kindlicher Schrift kaum noch leserlich <Shirley Brightons Diary> prangte. Nina schlug es an einer bestimmten Stelle auf und überreichte es Martha Hauser.

"Shirleys Tagebuch... wir fanden es in ihrer Jeansjacke, mit der sie vergraben wurde..."

Die alte Dame überflog die Seite und ließ das Tagebuch sinken. Sie wirkte auf einmal unendlich müde.

"Unsere Anna ist also das Kind von Shirley und meinem Mann... und ich habe ihn noch für seinen Großmut bewundert, Shirleys <vaterloses> Kind als das unsere anzunehmen... was für eine Erleichterung muß es für ihn gewesen sein, als Martin Shirley umbrachte und sie ihn nicht mehr verraten konnte..."

Martha Hauser reichte Nina das Tagebuch zurück.

"Jetzt bleibt mir nur noch Anna... wenigstens ist sie zur Hälfte eine Hauser..."

Nina steckte das Tagebuch wieder in ihre Tasche.

"Sie wird gleich da sein, glauben Sie mir, Sie ist ein ganz neuer Mensch..."

Nina und Riemann traten vor die Villa, hinaus in den kühlen Abend und gingen zu ihrem Dienstwagen. Unten fuhr eben ein alter Volvo durchs offene Tor, kam kiesspritzend die Einfahrt herauf und parkte direkt hinter ihnen. Anna und Alain sprangen heraus und hielten sich lachend an den Händen. Leichtfüßig tänzelten sie um das Auto herum und blieben vor den beiden Kriminalbeamten stehen. Annas Augen blitzten, sie sprühte förmlich vor Energie.

"Ein Glück, daß wir Sie noch antreffen! So kann ich Ihnen von ganzem Herzen danken! Sie haben mir ein zweites Leben geschenkt!"

Anna umarmte spontan Nina und Riemann, der nicht so recht wußte, wie ihm geschah.

"Schon gut, das ist unser Job..."

Nina knöpfte sich die Jacke zu.

"Ja, wir hatten Glück... aber wissen Sie, was das Verrückte ist? Ted Brighton wollte sich von Ihrem Bruder offenbar nur operieren lassen... steht so in seinem Computer... er hatte eine harmlose Geschwulst im Dickdarmbereich..."

Alain legte einen Arm um Annas Schultern.

"...und Martin dachte in seiner Panik, Ted sei gekommen, um mit der Familie Hauser abzurechnen..."

"So ist es..."

Nach einer kurzen Pause der Besinnung ließ sich Anna wieder vernehmen.

"Auch wenn das alles sehr traurig ist, werde ich meine Wiederauferstehung feiern... und Sie sind dabei... versprochen?"

"Sicher..."

"Auf jeden Fall..."

Sie gaben sich alle ernst die Hand, dann stiegen Riemann und Nina ins Auto, Anna und Alain trödelten die Treppe zum Hauptportal hinauf.

Unten am Tor, dessen Flügel sich vor ihnen ehrfürchtig teilten, sah Nina in den Rückspiegel. Unter der Leuchte über dem Haupteingang standen Anna und Alain unbeweglich in einer engen Umarmung, versunken in einen endlosen Kuß.

"Soll ich dir sagen, was Anna und ihr Verlobter gerade tun?"

"Nein... aber du wirst es mir trotzdem verraten..."

"Sie verschmelzen gerade in einem innigen Kuß..."

Riemanns Miene verdüsterte sich.

"Anna ist eine so tolle Frau... Alain paßt überhaupt nicht zu ihr..."

"Glaubst du, ein Polizist, der Tag und Nacht im Einsatz ist, würde sie glücklicher machen?"

Riemann versuchte tapfer zu lächeln.

"Warum denn nicht?"

Sie hatten sich am Parkplatz beim Stauwehr verabredet, von dort aus schlängelte sich flußabwärts ihr Lieblingsspazierweg. Es war ein neblig-trüber Tag, der einem in der Stadt aufs Gemüt schlagen konnte, hier draußen, weg vom Getriebe, überwog die märchenhafte Weichzeichnung der stillen Natur, man fühlte sich ganz allein auf der Welt und trotzdem geborgen.

Gregor wartete schon am Flußufer, als Nina ankam, sie umarmten sich schweigend und gewöhnten sich wieder an den Geruch des anderen. Ihr Kuß war noch spröde, zu lange hatten sie voneinander getrennt ihre Spur durchs Leben gezogen.

Gregor faßte nach Ninas Hand und zog sie mit sich, allmählich stellte sich wieder ihre alte Vertrautheit ein.

"Das tut mir leid mit deinem Vater..."

"Es kam sehr plötzlich... aber wir haben unseren Frieden gemacht..."

"Wann ist die Beerdigung?"

"Morgen um elf..."

"Ich begleite dich..."

Ein Radfahrer preschte an ihnen vorbei, dann gingen sie lange ohne zu reden.

Es war Nina, die den Faden wieder aufnahm und Gregor sachte ihre Hand entzog.

"Ich habe viel nachgedacht, auch wenn der letzte Fall mir alles abverlangte..."

Etwas beunruhigt warf Gregor einen Blick auf sie, und Nina fuhr fort.

"Wir reden doch schon die ganze Zeit davon, irgendwann zusammenzuziehen... Ernst zu machen mit unserer Beziehung..."

"Ja, und?"

"Du hast mir gefehlt, und ich habe gerne an dich gedacht..."

Gregor lachte, drückte Nina an sich und schüttelte sie leicht.

"Du meine Güte, das klingt ja wie ein Abgesang..."

Nina sah Gregor erschrocken an.

"Um Himmels willen... nein! Ganz im Gegenteil! Diesen Schritt würde ich gerne mit dir machen, es ist nur..."

Gregor legte behutsam seinen Arm um sie.

"Ich denke, ich weiß, was du meinst... wenn wir

als Paar zusammenleben, kommen als nächstes die Kinderlein..."

Nina sah Gregor dankbar an.

"Ja, so ist das doch... und ich glaube, du wärst ein guter Vater..."

"Aber du bist noch nicht soweit..."

Nina atmete tief durch und schmiegte sich eng an Gregor.

"Genau so ist es... noch liebe ich meinen Beruf zu sehr..."

Gregor lächelte und zog sie fest an sich, sodaß sie kaum mehr geradeaus gehen konnten.

"Ich bin froh, daß du das sagst... wenn ich mir Kinder wünsche, dann nur mit dir... aber auch ich brauche noch Zeit... eine Reportage, wie ich sie jetzt gemacht habe, wäre dann kaum mehr möglich... eine ganze Woche bei einem alten Mann, der seit Jahrzehnten vergeblich versucht, das *perpetuum mobile* zu erfinden..."

Nina blieb stehen, umarmte Gregor stürmisch und küßte ihn heftig auf den Mund.

"Dann ist das also abgemacht... aber wir suchen uns eine neue Wohnung... ein Neuanfang für beide... einverstanden?"

"Einverstanden... aber ich bestimme die Lage..."

"...und ich suche die Möbel aus... vergiß nicht, ich habe eine Kanone..."

"...dann sparen wir uns die Hausratsversicherung..."

"...nur, wenn du mich an die Wohnung kettest..."

"...das ist gar keine schlechte Idee..."

Der Nebel verschluckte sie, und der Fluß murmelte einen unverständlichen Kommentar.

Zeitfracht Medien GmbH
Ferdinand-Jühlke-Straße 7
99095 Erfurt, Deutschland
produktsicherheit@kolibri360.de